3 Petites chances

de forcer le destin

Agathe MASCLAUX

3 Petites chances

de forcer le destin

Roman

Je dédie cet ouvrage à tous mes lecteurs qui, en me lisant permettent de donner vie à mon projet.

« N'oublions pas qu'en Inde le symbole de la force est une femme : la déesse Shakti. » Indira Gandhi.

1.

« La vie est un mystère qu'il faut vivre et non un problème à résoudre. » Gandhi.

Il y avait un monde fou, le public était en délire, la chaleur des projecteurs étouffait Martha qui croyait rêver.

—Veuillez accueillir chaleureusement Martha Macgarlick.

Des applaudissements à n'en plus finir. Les gens se levèrent et frappèrent de plus belle dans leurs mains. Martha avec un grand sourire de satisfaction entra sur le plateau et prit place sur l'un des grands fauteuils de velours bleu criard, trônant au milieu du plateau de télévision que lui désignait la présentatrice vedette. Le Josy-show était une émission très regardée, juste avant le journal du soir. Les grands artistes contemporains y étaient invités. C'était un bon tremplin pour une carrière ambitieuse. Martha ne s'était jamais imaginée à cette place, applaudie et acclamée par le public de cette émission. Mais voilà, son tour était venu, la gloire toquait à sa porte. Elle ne se trouvait pas un talent particulier, mais son œuvre avait fait sensation.

—Bonjour Josie, merci, merci, lança Martha au public avec un regard circulaire emprunt de gratitude.

—Très bien Martha, parlez-nous de votre petit chef-d'œuvre. Je tiens à préciser que vous êtes toute nouvelle dans ce domaine. Vous devez d'ores et déjà attirer les foudres de jalousie des gens du métier, dit-elle dans un rire. On a même du mal à croire qu'une débutante puisse sortir une telle merveille, c'est vraiment vous l'auteure ?

Martha ne savait plus où se mettre. Quel toupet, se dit-elle. Elle arrivait à peine à s'exprimer à cause du stress et la présentatrice n'avait pas l'air de vouloir lui faciliter la tâche.

Quelle entrée en matière se disait-elle. On m'invite pour parler de mon travail, pour lancer ma carrière et développer mon tout nouveau talent, et je me prends des remarques assassines ! Quoi de plus déstabilisant ?

Elle se contentait jusqu'ici de répéter inlassablement le même discours à chaque passage dans les médias. Il s'agissait pour elle de la meilleure manière de ne pas se tromper et de ne pas attirer les questions pièges. Mais elle commençait à perdre pied. Toute cette médiatisation, ce succès, n'avait pas apporté l'effet escompté.

Les centaines de projecteurs braqués sur elle, et le brouhaha des applaudissements ne lui laissaient aucun répit. Répit, le mot était dit. C'était tout à fait ce dont Martha avait besoin en ce moment. Cette déferlante d'interviews, de passage dans les radios locales, sur les chaînes de télévision nationales l'avaient épuisée. Certes, elle était fière du résultat que produisait tout son travail et que son « bébé » soit devenu un best-seller. Mais elle n'avait jamais imaginé de telles proportions, et maintenant, elle était un peu dépassée par les événements. Il faut dire que tout cela l'avait replongée dans de mauvais souvenirs.

—Martha, votre livre m'a passionnée, je l'ai terminé la nuit même. Mais tous ces détails sont-ils bien réels ? Ne l'avez-vous pas un peu romancé, pour mieux vendre ?

Tout allait si bien au début, les premiers jours de parution de son livre, sa qualité d'écriture et les quelques éléments tragiques de sa vie avaient fait le succès de son autobiographie. L'ensemble de ses lecteurs éprouvait de la compassion, de l'empathie à son égard.

Les journalistes savaient tourner leurs questions de manière à ne pas heurter Martha. Cependant depuis quelques semaines, Martha sentait que cette adorable compassion avait fuit pour laisser place à de la jalousie peut-être, ou pire, du mépris. Un flot de questions toutes plus étranges et blessantes les unes que les autres déferlait. Violentes même, sans enrobage et dépourvues de tact. Comment répondre sans difficulté à des : « Vous devez vous en vouloir terriblement, après tout, cette déferlante de malheur n'est que votre faute », ou encore « c'est bien facile de blâmer votre entourage, pour un acte que vous avez commis seule ». Martha était désorientée, accablée et commençait à perdre pied lors des rencontres concernant son livre. Elle avait hâte que ce moment se termine.

Quelques minutes plus tard, enfin, la délivrance.

Le vernissage de son ami Henry le soir même tombait à point nommé. Martha monta dans un taxi et fila le plus loin possible de cet endroit et de cette foule.

*

—Hey, Martha, te voila enfin. Tu es en retard !
Henry, le meilleur ami de Martha avait lui aussi plutôt bien réussi ces temps-ci. Peintre dans l'âme depuis l'enfance, il avait fini par se lancer et inaugurait ce soir là son premier vernissage au plein cœur de Paris. Il rentrait d'un voyage de quatre mois en Inde où il s'était rendu afin de trouver l'inspiration. Son absence avait paru très longue à Martha, mais en voyant le résultat, tellement stupéfiant elle en oublia tout de suite le manque ressenti. Il n'avait pas encore eu l'occasion de lui raconter son voyage mais vu le travail accompli, Martha imaginait qu'Henry avait des tonnes de choses à lui dire. Ses œuvres étaient plutôt de style abstrait, comme on en voit beaucoup depuis plusieurs années. Mais son inspiration venue d'Asie donnait une douceur suave à ses peintures. Les couleurs étaient chatoyantes, le graphisme pleins de volutes. C'était une splendeur. Il m'en faut vraiment un pour mon salon, songea Martha.
Ils étaient amis depuis l'enfance. Henry avait soutenu Martha dans toutes les épreuves difficiles

qu'elle avait traversées. C'était un très beau garçon, du même âge que Martha. Brun, grand, il avait un style typique des artistes peintres marginaux, décalés. Un peu farfelu mais charmant. Ce soir, il avait fait un effort vestimentaire en portant un pantalon chino vert d'eau et une chemise beige et mocassins. Pour apporter une petite touche indienne à sa tenue, il portait autour du cou un pashmina en cachemire, vert, aux motifs rappelant ceux de ses peintures, qu'il avait sans doute rapporté de son périple.
Bien que peu enthousiaste à l'idée de participer à son vernissage, entourée de monde, Martha était finalement heureuse de voir de nouvelles têtes et de parler d'autre chose, de se changer les idées. Après avoir longtemps admirer les magnifiques toiles, elle se dirigea vers le buffet. Il était très réconfortant, typiquement français. Henry était un peu chauvin, et ce n'était pas pour déplaire à Martha. Petits fours au Roquefort, foie gras, olives, un délice, sans parler des desserts. Son directeur artistique avait tout de même insisté pour que figure au menu quelques mets indiens tels que des bhajjis, des samoussas ou des naans.

Affairée à goûter un peu de tout, Martha était plongée dans ses pensées. De taille moyenne, blonde, aux cheveux lisses, longs et soyeux, Martha était de corpulence fine. Son visage était petit. Son nez en trompette lui donnait un air malicieux. Ses yeux verts changeaient de couleur en fonction de la météo. Cela amusait beaucoup Henry. Sur ses pommettes, quelques petits points de rousseur très légers venaient parfaire ce visage d'ange. Elle ne prêtait guère attention à la façon dont elle s'habillait. Elle aimait porter des jeans et des baskets. Son maître mot était le confort. Elle coiffait souvent ses cheveux en un chignon flou très haut. Le maquillage n'était pas son grand ami, même si elle se laissait régulièrement tenter par un brin de mascara pour ouvrir son regard. Pour ses vingt-huit ans, elle avait encore un corps de jeune fille. Mais bien qu'elle fît régulièrement attention à sa ligne, ce soir, elle avait décidé de tout se permettre. Elle voulait se lâcher, profiter et montrer au monde une image enjouée d'elle-même. C'est pourquoi, même le bar fut un excellent distributeur de gaieté. Margarita, coupes de champagne, Whisky secs, Martha se laissait complètement aller. Elle ne voulait plus ressentir cette vieille mélancolie, du moins pas ce soir. Henry la rejoignit près du buffet.

—Alors Henry, comment se passe la soirée pour toi ? demanda Martha.

—Oh, c'est fantastique. On m'a déjà acheté plusieurs toiles tu sais. Je suis un homme de talent ! Plaisanta-t-il.

Cette petite pointe d'ironie fit sourire Martha, qui en avait bien besoin. Cette dernière interview avait été un fiasco. Mais ce n'était pas le moment d'en parler à Henry, ce soir c'était sa soirée, et rien ne devait gâcher ce moment.

Tout se déroula à merveille. Après avoir fermé les portes sur les derniers visiteurs, Henry rejoignit Martha au bar.

—Une coupe pour fêter le succès de mon vernissage, s'il vous plaît ! lança-t-il au garçon. Alors, Dulce, cette soirée t'a plu ?

Dulce est le surnom qu'Henry donnait à Martha lorsqu'ils étaient encore enfants. Martha allait souvent jouer chez Henry. Un jour l'oncle paternel d'Henry, de passage pour quelques jours et d'origine espagnole, avait donné ce petit nom à Martha. Cela signifie « Bonbon ». Martha, avec ses joues roses d'enfants avait inspiré l'oncle d'Henry. Amusé par ce petit nom, il l'avait conservé depuis.

—Oui, oui, répondit lascivement Martha.

—Oh, toi tu as forcé sur la Téquila. Ne laisse pas tes vieux démons te rattraper Martha ! Tu avais retrouvé un moral d'acier, alors ne laisse pas tomber. Qu'est ce qui ne va pas cette fois ?

—Non, non, rien d'important, je ne veux pas t'embêter avec ça.

—Bon, allez, je te ramène chez toi, tu as besoin de te reposer.

—Non, c'est bon, encore une petite coupe, protesta-t- elle.

—Non, non, non, allez, jeune fille, ce n'est pas raisonnable. Tu dois encore te préparer pour ton passage à la radio de demain matin. Prenons ma voiture, je te ramène.

Martha, un peu éméchée, et plus vraiment maîtresse de ses actes, se laissa faire et suivît docilement Henry. Elle monta difficilement dans la voiture, et attacha sa ceinture avec encore plus de mal. Après plusieurs kilomètres parcourus silencieusement dans la belle Chelby 1959 qu'Henry venait de se payer à crédit, Martha se décida enfin à parler.

—Tu sais, Henry, je ne sais pas ce qui m'arrive en ce moment, j'ai peur, peur de l'avenir. Je n'ai pas trop le moral.

—Arrête ton char, Dulce, tu es complètement saoule, tu divagues.

—Non, non, je parle sérieusement. Je ne me sens pas bien en ce moment.

—Allez Martha, arrête de dire des bêtises. Ton livre cartonne, tu es demandée dans toutes les émissions. Comment peux-tu avoir peur de l'avenir ? Tu vas faire une bonne nuit de sommeil et tout ira mieux demain.

Martha sentit une pointe d'agacement dans la réponse d'Henry. Mais son discernement était brouillé par l'alcool, alors elle n'y prêta pas attention. Arrivés devant la petite maison de briques rouges de Martha, Henry lui proposa de la raccompagner à l'intérieur, afin qu'elle ne tombe pas. Butée, Martha refusa et sortit de la voiture. Elle monta les trois marches du perron avec difficulté et ouvrit la porte d'entrée dans une lenteur manifeste. Henry émit un petit coup de klaxon, lui fit signe de la main à travers la vitre et la belle Chelby rouge démarra tel un guépard chassant une proie, dans un grondement des plus agréables.

*

La maison de Martha se situait en banlieue de Paris, dans un petit quartier calme et chaleureux. Ornée de briques rouges, exposée plein sud, elle bénéficiait d'un petit jardinet très agréable. De plain-pied, elle disposait de deux petites chambres cosys et d'une cuisine ouverte donnant sur un séjour spacieux et aménagé dans un style très moderne. Le noir et le blanc dominaient dans la pièce, laissant une impression de fraicheur, mais également de morosité. Martha s'y plaisait beaucoup, elle avait vraiment investi ce logement, bien qu'elle n'y soit que locataire. Elle comptait d'ailleurs bien en faire l'acquisition avec le succès de son livre. L'état d'esprit de Martha transparaissait dans les lieux.

Une fois à l'intérieur, elle se laissa tomber sur le sofa. « Quelle vie » se dit-elle. Elle repensait encore à cette soirée. L'alcool ne lui avait finalement pas permis de penser à autre chose. Ce livre était au début un exorcisme pour elle, une sorte d'auto-psychothérapie. Elle pensait qu'une nouvelle vie commencerait, qu'elle aurait pu faire une croix sur le passé. Une notoriété, un compte en banque bien rempli, Henry pour profiter de la vie avec elle. Cela aurait dû être merveilleux. Au contraire, elle retombait plus bas encore. Toutes ces rencontres, ces entrevues n'avaient fait que remuer le passé. Heureusement qu'Henry est là pensa-t-elle. Henry, ce chevalier servant, cet ami de tous les instants. Elle n'avait jamais ressenti plus que de l'amitié pour lui. Et lui non plus à ce qu'elle en savait. Leur complicité était tellement importante aux yeux de Martha. C'est lui qui l'avait aidé à se sortir de sa détresse. Sans lui, elle ne serait plus là pour écrire les lignes de son livre et vivre le succès de son best-seller. Ah, Henry, mon ange gardien, que serai-je sans toi, pensa-t-elle. Ni l'un, ni l'autre n'avait de petits-amis. Henry aimait pourtant beaucoup les femmes. Ce beau garçon n'avait pas de mal à accumuler les conquêtes. Son style sorti de nulle part et son attitude un peu marginale, bourgeois-bohême, ne manquait pas de séduire la gente féminine. Ses yeux verts clairs, son visage aux traits fins et son teint légèrement hâlé plaisaient beaucoup aux femmes. Ses cheveux châtains aux boucles légères lui donnaient un petit côté aérien, très en adéquation avec sa personnalité. Il était bien tombé amoureux quelques fois. Certaines relations avaient duré quelques mois. Mais jamais la passion ne s'était fait ressentir. Une sorte de pacte invisible et insoluble unissait Henry et Martha. Aucun des deux pour rien au monde n'aurait sacrifié cette amitié si fusionnelle au profit d'une histoire d'amour. Inconsciemment, aucun des deux ne s'était alors réellement engagé dans une relation amoureuse durable.

Il était déjà plus d'une heure du matin, mais à toutes ces pensées, Martha ne trouva pas le sommeil. Son état d'ébriété ne favorisait pas son discernement. Elle jugea qu'un dernier whisky sec ne serait pas de trop pour s'endormir le plus rapidement possible. Elle se leva, titubant et se servit un verre, qu'elle avala d'une traite. « Plus vite avalé, plus vite fait son effet » se dit-elle. Elle se dirigea vers la salle de bain. Elle fit couler l'eau de la douche. La buée commençait à emplir la pièce quand elle se glissa derrière le rideau de douche. L'eau était brulante, et cela lui fit un bien fou. Elle

se sentirait mieux pour s'endormir. Après s'être séchée, elle se glissa nue dans son lit, se mit sur le côté et commença à s'assoupir.
3h42. Martha se réveilla en sursaut.

2.

« Homme et femme, aucun d'eux ne peut vivre sans l'aide indispensable de l'autre. » Gandhi

Les gouttes de sueur perlaient sur son visage. Encore un cauchemar ! Décidément, cette auto-psychothérapie est loin d'être terminée. Encore ce fichu rêve. « Mais bon dieu, je n'avais que 7 ans » se dit-elle en frappant le matelas de son poing. « Cette idée, cette vision d'horreur ne me quittera donc jamais ? ». Elle se leva pour éponger sa transpiration et boire un verre d'eau fraiche dans la cuisine. Elle avait enfilé une chemise de nuit blanche brodée de dentelle et avait attaché ses longs cheveux blonds en un chignon rapide, très haut sur le sommet de sa tête. Encore épouvantée par ce mauvais rêve, Martha s'efforçait de contrôler sa respiration. Cette méthode lui avait été enseignée plus tôt dans sa jeunesse à l'institut de sevrage de Paris, afin de contrôler la sensation de manque. Elle avait appris beaucoup de choses durant ces dix mois. Elle y était entrée sur les conseils, ou plutôt l'insistance d'Henry. Hormis Henry, à l'époque, personne ne s'était soucié de son mal être, personne n'avait entendu son appel au secours. Elle était alors âgée de seulement vingt ans lorsqu'elle refit surface. Ne pouvant compter que sur son ami de toujours, Henry l'hébergea quelques temps à sa sortie. A cette période, Martha allait de petits boulots en petits boulots. Tantôt serveuse, tantôt réceptionniste. Il faut dire qu'avec son joli minois elle n'avait aucun mal à décrocher un travail. Elle avait une aisance dans le discours, le sens du contact avec la clientèle, et cela lui facilitait grandement la tâche. Elle rencontra quelques jolis garçons dont elle s'enticha parfois. Au grand dam d'Henry, témoin de ces ridicules amourettes. Il ne croyait pas si bien dire, sa petite sœur de cœur n'avait toujours pas trouvé le grand amour. A vrai dire, cela lui importait peu. Martha et Henry, le couple improbable se suffisait à lui-même, soudé par une amitié d'acier. Après quelques années de colocation, Martha avait décidé de prendre son indépendance. Ça n'avait pas été très facile au début de se retrouver seule.

Surtout le soir, ou lors des repas. Mais elle avait fini par s'y faire, et même à y prendre goût. Elle avait totalement investi sa petite maison et s'y plaisait beaucoup. Henry possédait tout de même un double des clefs. Il ne s'en servait presque jamais, mais tous deux étaient rassurés.

—Décidément, qu'aurai-je fait sans Henry ? se dit-elle à haute voix. Pas grand-chose manifestement.

Soudain, elle sursauta à nouveau, laissant tomber son verre d'eau sur le carrelage de la cuisine, dans un bruit fracassant de verre cassé. Une voix se fit entendre derrière elle :

—Tu ne crois pas si bien dire Dulce.

Dulce ? Songea-t-elle un instant. Personne hormis Henry ne m'appelle de cette façon. Elle se retourna vivement et tomba nez à nez avec lui.

—Tu es dingue, tu m'as fait une peur bleue. Qu'est-ce que tu fais chez moi en plein milieu de la nuit ?

Rassurée de voir que l'intrus n'était autre que son grand ami, elle eut un petit rictus à la commissure des lèvres en voyant son accoutrement. Bien sûr, Henry était loin de se vêtir comme le commun des mortels, mais là il n'avait fait aucun effort. On aurait dit qu'il avait sauté de son lit et était venu chez elle en pyjama sans prendre la peine de se regarder dans un miroir avant. Malgré tout il restait très séduisant.

—Et puis, je sais que je t'ai laissé les clefs de chez moi, mais c'était au cas où « j'ai » besoin. Tu es venu habillé comme ça jusqu'ici ?! J'espère que personne ne t'a vu, dit-elle en riant.

Cette irruption soudaine n'était pas habituelle, d'autant plus à cette heure-ci. C'était vraiment étrange.

—Et bien répond moi, reprit-elle. Quelque chose ne va pas Henry ? Pourquoi es-tu ici à une heure pareille ? Mais répond enfin, tu commences à me faire peur.

—Martha, je ne suis pas là pour plaisanter, lui rétorqua Henry sur un ton sec et autoritaire dont elle n'avait pas l'habitude. Je ne pouvais plus attendre, il fallait que je vienne te voir, même à cette heure-ci. Après ce que tu m'as dit dans la voiture, j'ai réfléchi pendant des heures.

—Quoi, je ne comprends pas, qu'est-ce que tu veux Henry ?

—Tu avais raison Dulce, tu ne vas pas bien.

—Mais non, j'ai dit ça sous les effets de l'alcool.

Le ton que prenait Henry pour s'adresser à elle n'était pas rassurant. Droit comme un piquet, même dans son pyjama ridicule, il inspirait le respect et l'écoute.

—Je viens te mettre face à ton destin Martha.

—Hein ? répondit-elle incrédule.

—Serais-tu prête à changer radicalement ta destinée ? Martha le regarda d'un air incrédule, se demandant s'il n'était pas en pleine crise de somnambulisme.

—Martha, depuis de longues années je t'épaule, te soutien. Tu reconnais toi-même que j'ai toujours été présent pour toi à chaque instant de ta vie. Et bien aujourd'hui, j'ai l'impression que mon existence n'aura servi qu'à améliorer la tienne, et pourtant, tu ne cesse d'être malheureuse, mélancolique. Je n'en peux plus de te voir comme ça Martha. Je suis lassé de cette situation qui dure, dure, et qui ne s'arrêtera jamais. Je ne viens pas ici pour te faire du mal, tu sais à quel point je t'aime. Je viens seulement te faire une proposition.

Martha continuait de le regarder, silencieuse, ne sachant plus très bien si elle était éveillée ou si elle faisait encore un de ces rêves étranges.

—Lors de mon dernier voyage, en Inde, j'ai décidé de rester quelques semaines auprès de chamans au sein d'un temple afin de méditer, de réfléchir sur mes envies et de développer mon imagination et mon inspiration. Tu as pu constater dans mes peintures que ce séjour a été une manne pour moi. J'y ai appris beaucoup de choses. Là-bas, je me suis lié d'amitié avec l'un des chamans. Il m'a notamment confié un secret vieux de plusieurs

siècles. Je te demande de me promettre de ne jamais rien dire à ce sujet. Je vais tout t'expliquer.
Discrètement Martha se pinça le bras. Non, elle ne rêvait pas, même si elle aurait bien aimé vite retrouver son lit plutôt que d'écouter Henry partir dans ses délires.
—Ce Chaman m'a longuement écouté raconter mon vécu, et à travers cela, il m'a ouvert les yeux sur les valeurs que je devais faire apparaître dans mes œuvres. Mais il n'y a pas que cela. Il a aussi compris que j'étais passé à côté de mon existence. C'est pourquoi il m'a donné cette fiole.
Henry sortit de sa poche un petit flacon en verre bleu, fermé par un petit bouchon de liège. Pris entre son pouce et son index, il le présenta à Martha.
—Tu dois te demander ce qu'il contient. Et bien, c'est la chance pour nous deux d'avoir la vie dont nous rêvions.
Martha le regardait d'un air circonspect. Elle le croyait totalement ivre, malgré son aisance à lui expliquer les choses.
Il continua son récit.
—Cette fiole contient une sorte d'élixir, au parfum de fleurs. Elle est réalisée à base de Neelakurinji, une plante aux fleurs bleues qui ne fleurit que tous les douze ans. Cela ne se produit que dans l'état du Kerala, au pied de montagnes nommées Les

Nilgiris, littéralement les montagnes bleues. Elles ont une vertu très particulière. Le contenu de cette fiole te permettra, à chaque gorgée de revenir à la période de ta vie de ton choix. La quantité que je vais te donner te permettra de faire trois retours en arrière. Dulce, je te demande de faire les bons choix. Cela peut tout changer.

Henry agissait en toute connaissance de cause. Le chaman l'avait averti des conséquences et il savait que le retour dans le passé pouvait changer les événements mais aussi les sentiments. Par conséquent, il s'attendait à ce que Martha et lui n'aient peut-être jamais eu cette amitié plus forte que tout. Mais son amour pour elle lui faisait penser qu'il n'y avait rien de mieux pour eux deux que d'effacer toutes les douleurs du passé. Martha prit la fiole que lui tendait son ami. Elle le croyait devenu fou, mais elle pensait que le seul moyen de le faire rentrer chez lui pour se coucher serait de l'écouter à la lettre.

Henry lui expliqua tout : elle devrait, en buvant une gorgée de l'élixir, penser extrêmement fort à la période de sa vie qu'elle souhaiterait changer. Elle s'évanouirait, et au moment de son réveil, serait revenue en arrière mais avec son apparence du présent. Elle n'aurait alors que minutes douze minutes pour agir, avant de revenir dans le présent. Martha écouta attentivement toutes les instructions qu'Henry put lui donner pendant de longues minutes. Il cherchait aussi à la convaincre de sa bonne fois. Martha finit par être convaincue et conclut avec Henry qu'elle n'effectuerait cette démarche que dans les jours à venir. Elle avait besoin de temps pour réfléchir, pour sélectionner les trois moments de sa vie qu'elle souhaitait changer, même si elle en avait une vague idée. L'air grave, Henry repartit chez lui au petit matin. Martha retourna vers sa chambre, se glissa dans son lit, mais ne parvint pas à se rendormir. Cette soirée avait été tellement éprouvante ! Qui aurait pu se rendormir après pareille nouvelle ?

*

Les jours passèrent et Martha continuait ses activités. Sans oublier ce qu'Henry lui avait dit ce fameux soir, elle l'avait tout de même mis dans un coin de son esprit et n'y pensait plus vraiment. Elle était trop occupée à travailler ses interviews, ses passages télé. Le dernier avait été un fiasco total et elle ne voulait pas revivre cela. Elle n'eut pas de nouvelles d'Henry pendant plusieurs jours. Le manque commençait à se faire ressentir. Elle se rendait bien compte qu'il était son seul pilier. Sans lui, elle replongeait dans le néant. Elle passait ses journées seule, chez elle. Parfois les larmes coulaient sur son visage. Henry ne répondait plus au téléphone, ni à la sonnette de son appartement. Il l'avait prévenue, il ne reprendrait pas contact avec elle avant qu'elle eut bu au moins une gorgée de l'élixir.

*

Un soir, alors que la tristesse la gagnait, Martha hésita. Assise dans son canapé, regardant comme chaque soir à la même heure, ce jeu télévisé où les candidats doivent répondre à de ridicules questions, le désespoir la submergea. Cette vie, seule, dans cette maison froide et sans sentiment, ça ne rimait à rien. Elle avait vingt-huit ans et quoi ? Un seul vrai ami, Henry. Pas de petit-ami et encore moins d'enfant. Ses projets d'avenir qu'elle faisait étant petite étaient bien loin. Elle se souvenait avoir projeté de faire des études d'architecte, de se marier avant ses vingt-quatre ans avec un bel homme grand, brun et cruellement charmant. Elle voulait trois enfants, deux filles et un garçon, qu'elle aurait appelé Sigrid, Ninon et Oscar. Elle s'imaginait jouer avec eux dans le magnifique jardin d'une grande maison à la campagne, entourés de joyeux aboiements d'un amusant petit chien blanc. Mais voilà, il n'en était rien. Elle était là, seule, dans sa petite maison vide,

devant un programme insipide, sans famille, sans ami, sans projet de carrière. Cette vie n'avait aucun goût, aucune saveur.
Même si elle ne croyait pas vraiment en cette histoire de retour dans le passé, elle avait tout de même espoir que cela fonctionne. Après tout qu'avait-elle à perdre à en boire un petit peu. Henry ne lui aurait pas donné du poison. Tout au plus, elle serait un peu malade quelques jours. Elle se leva d'un bond, âprement décidée à avaler une de ces fichues gorgées. Elle avait rangé la petite fiole bleue dans un des tiroirs de la cuisine. Elle s'en saisit.
Bon, se dit-elle, quelle période de ma vie je souhaite changer en premier ? À ce moment-là, elle ouvrit la fiole sans trop réfléchir, elle la porta à sa bouche et en but une gorgée. Le goût était surprenant, pas vraiment agréable, légèrement iodé. Elle pensa alors de toute ses forces à cette après-midi d'été lorsqu'elle avait sept ans. Elle jouait avec son petit frère dans la piscine familiale. Il faisait chaud et la fraicheur de l'eau leur faisait du bien. À l'époque, Martha habitait Sainte Eulalie, un petit village des Landes, dans le sud de la France. Ses parents y avaient une belle et grande maison. Son père et sa mère s'étaient rencontrés très jeune. Ils allaient au collège ensemble, dans les environs. Une belle histoire d'amour était née, et

lorsqu'ils se marièrent, ils décidèrent d'acheter une maison à Sainte Eulalie. C'est là qu'ils fondèrent leur famille. Martha vit le jour après deux ans de mariage. Son frère suivit trois ans plus tard. Le père de Martha était né à New-York, d'où son nom Macgarlick. Ses parents s'étaient installés en France lorsqu'il était encore petit. Il était devenu notaire. La mère Martha était infirmière, mais avait cessé son activité pour élever ses deux enfants. Tous les membres de cette famille vivaient heureux et épanouis.

Jusqu'à ce 16 Juillet.

3.

« La plus petite graine produit souvent le plus grand arbre. » Proverbe indien.

Martha s'éveilla. Quelle chaleur se dit-elle en s'étirant. Nous sommes pourtant en novembre. Elle était toujours vêtue comme à l'instant où elle but cette mystérieuse gorgée d'élixir, d'un jean, de baskets et d'un pull en laine vert émeraude sur un tee-shirt blanc. Elle était allongée dans une sorte de pré. L'herbe était fraiche, mais le soleil brûlant lui tapait sur la tête. Elle se redressa, un peu sonnée, et ôta immédiatement ce pull qui lui tenait bien trop chaud. Elle comprit alors qu'Henry disait vrai. Cette plante qui ne fleurit que tous les douze ans avait un pouvoir phénoménal. Cela lui donna envie, à elle aussi, de se rendre en Inde, un jour, pour assister à cette floraison si remarquable.

D'abord désorientée, elle reconnut ensuite très vite cet endroit. C'était la prairie jouxtant sa maison d'enfance. Elle avança, se dirigeant vers la bâtisse. C'était une maison sur deux étages, très large, imposante. Placée en hauteur, elle surplombait le village situé quelques dizaines de mètres en contrebas. Les façades d'un ton beige et les tuiles rouges du toit se mariaient parfaitement avec l'environnement forestier des lieux. Cette maison était entourée d'un grand jardin. Martha se souvenait y avoir passé de fabuleux moments. Elle n'en croyait pas ses yeux. Elle était bien revenue dans le passé : les propriétaires qui les avaient succédé avaient fait de grandes modifications, et là, tout était comme Martha l'avait connu à l'âge de … sept ans.

Elle s'approcha à pas de loup. Il lui fallait trouver un moyen de changer le cours des choses sans se faire remarquer. Henry l'avait bien prévenue. Elle ne pouvait rester que douze minutes, après cela, tout s'arrêterait. C'était très court. Il lui fallait donc trouver une solution et vite. Car le drame s'était produit à 14h22 exactement et en jetant un œil à son poignet elle s'aperçut qu'il était déjà 14h17. Comment allait-elle pouvoir entrer dans la maison sans être remarquée ? Cela promettait d'être périlleux. Sa famille ne la connaissait pas sous ses traits d'adulte, et de toute façon, il lui était impossible de dire qu'elle venait du futur pour changer leur destin à tous. On la prendrait pour une folle. Martha s'arrêta un petit moment pour réfléchir. Mais le temps pressait. Elle trouva soudain la solution. Du moins elle espérait que c'était la bonne. Elle se lança.

Martha s'approcha du portail et appuya sur la sonnette, c'était sa seule chance, elle n'avait plus beaucoup de temps. Elle entendit le carillon retentir dans la maison située quelques mètres plus loin, au bout de l'allée. Quelques secondes plus tard elle entrevit quelqu'un derrière la porte semi-vitrée de l'entrée de la maison. Une longue silhouette aux cheveux blonds se dessinait. La porte s'ouvrit.

—Oui ? C'est pourquoi ?

Martha n'en croyait pas ses yeux. Sa mère, sa propre mère, se tenait là, élancée, en parfaite santé, magnifique. C'était une belle femme, très belle même. Élégante et mince, elle avait transmis sa beauté et la brillance de ses cheveux blonds à sa fille.

Plongée dans ses pensées, Martha mit quelques secondes à répondre.

—Euh, pardon Mam..., Madame Macgarlick, je suis, Euh ... Cassandre Chardonnier. Je suis la nièce de Mme Chardonnier, votre voisine. Je suis chez ma tante le temps des vacances, et je cherche à me faire un peu d'argent pour sortir avec mes amis. Ma tante m'a dit que vous cherchiez parfois une baby-sitter pour le soir.

—Ah oui, parfait, c'est vrai, elle a raison. Je ne savais pas que Mme Chardonnier avait une nièce de votre âge. Vous êtes là depuis longtemps ? On ne s'est pas encore rencontrées depuis le début des vacances d'été.

—Non, je suis arrivée hier.

—Très bien. Et bien entrez jeune fille, je vais vous faire visiter la maison et vous présenter les enfants.

Martha poussa le portail et entra dans le jardin. Sa mère fit quelques pas vers elle pour lui serrer la main.

—Enchantée, lui dit-elle, vous pouvez m'appeler Jeanne. Vous êtes disponible quand au juste ? Mon mari et moi aimons sortir de temps à autre, et il est vrai que dans les environs, il n'y pas beaucoup de monde, et encore moins de jeunes filles à qui confier nos enfants. Nous serions ravis de vous engager en tant que baby-sitter vous savez. Nous accordons une grande confiance à Mme Chardonnier, c'est une amie de longue date.

Allons voir les enfants, ils sont en train de jouer dans la piscine comme des petits fous.
Martha la suivit, un mètre en arrière. C'était tout de même une situation très perturbante. Elle avait beaucoup de mal à vouvoyer sa mère. Mais c'était pour la bonne cause, il le fallait. Jeanne l'entraîna vers l'arrière du jardin. Martha ne se souvenait pas à quel point il était agréable. Il faut dire que beaucoup de mauvais souvenirs avaient rendu le lieu un peu austère pour elle.
—Martha, Louis, je vous présente Cassandre. Elle est la nièce de Mme Chardonnier, dites-lui bonjour.
Les enfants répondirent en cœur.
—Nous sommes très vigilants vous savez, la piscine est parfois source de danger. Voici donc ma fille Martha, elle a sept ans, bientôt huit. C'est une vraie petite chipie. Et son frère, mon fils Louis, qui a 4 ans. Ils se chamaillent un peu parfois, mais ils s'adorent. Vous verrez, ce sont de gentils enfants.
—Je n'en doute pas, ils ont l'air adorables.
—Vous voulez passer à l'intérieur nous pourrions discuter un peu. J'aurais besoin de vous dès la semaine prochaine.
—Et bien, j'aimerais rester quelques instants avec les enfants si cela ne vous dérange pas, pour faire un peu connaissance.

—Oh, mais bien sûr que oui, c'est une très bonne idée. Restez ici avec eux, je vais préparer de quoi nous rafraîchir. Avec cette chaleur, j'imagine qu'une bonne limonade bien fraîche ne sera pas de refus. Je reviens dans un instant.
Ouf, se dit alors Martha. Maintenant, il faut que je les fasse sortir de la piscine. Quel choc de me voir moi-même, si petite.
Elle regardait cette petite Martha de sept ans, rire et sauter joyeusement dans l'eau. Des cheveux blonds, coupés au carré, un petit maillot de bain comme on en faisait à cette époque. Martha était attendrie. Elle ne se rendait pas compte à quel point elle était espiègle à cet âge. Et les lieux, ils lui paraissaient tellement plus grands que dans ses souvenirs. Le chêne auquel une balançoire était accrochée et où elle avait passé de longues heures lui paraissait plus petit à cette heure. Et revoir sa mère était un tel bonheur. Elle se faisait violence pour ne pas lui sauter dans les bras. Mais par-dessus tout, elle était émue de retrouver son petit frère, perdu si jeune. Avec le temps, les souvenirs de sa voix et des expressions de son visage s'étaient dissoutes. Quel bonheur d'être là, à la meilleure période de sa vie, là où tout allait bien, quand chaque membre de sa famille était uni et heureux. Martha aurait souhaité que cela dure toujours.

Mais soudain elle se ressaisit. Pour le moment, elle avait plus urgent que sa propre nostalgie.

—Martha, Louis, vous voulez bien sortir de l'eau, nous allons faire connaissance, c'est moi qui vous garderai parfois le soir, lorsque vos parents seront sortis.

—Non, nous on veut rester dans la piscine, rétorqua la petite Martha de sept ans, en lui tirant la langue d'un air mutin.

Eh bien, je vais avoir du fil à retordre avec moi-même se dit-elle. Elle ne se souvenait pas non plus de son caractère de cochon d'antan. Qu'elle avait peut-être un peu gardé d'ailleurs.

—Allez les enfants, juste quelques minutes. Je vous promets que les futures soirées passées avec moi seront fantastiques.

—Moi je m'en fiche. Je préfère rester dans l'eau.

—J'ai des tas de dessins-animés vous savez. J'en rapporterai avec du pop-corn chaque soir où je vous garderai.

Entendant ces paroles, Louis sortit de la piscine sans se préoccuper de sa sœur et s'approcha de Martha.

—Regarde mes super brassards, c'est pour nager comme un super héros.

—Oui, ils sont très beaux.

—Tu as quoi comme dessin-animés chez toi ? lui demanda Louis.

—Oh, j'en ai beaucoup tu sais. Tu aimes Lucky Luke ?

—Oh oui beaucoup. J'aime aussi …

Louis se stoppa net. Soudain, il tomba au sol, raide comme un bâton de bois. Tous les membres du petit garçon se raidirent. Brusquement, il fut pris de convulsions. Sa respiration s'était arrêtée. Mon dieu, il est 14h22 remarqua alors Martha. Elle ne savait plus comment réagir. Elle était là, à ses cotés, mais tétanisée par la peur et la surprise. Tout se bousculait dans sa tête. Ce n'est pas du tout ce dont elle se souvenait. La petite Martha, se mit alors à hurler, à appeler sa mère au secours aussi fort qu'elle le pouvait. Celle-ci, qui arrivait avec le plateau garni de verres et d'une grande carafe de limonade, le laissa tomber sur le carrelage de la terrasse dans un fracas de bris de verre en voyant son fils au sol. Elle courut, s'agenouilla près de lui et hurla à sa fille d'appeler les secours. La petite Martha se précipita à l'intérieur, saisit le téléphone et composa le 18, numéro que sa mère lui avait fait apprendre par cœur. Jeanne, tout en pleurant, et criant de panique, tenait la tête de son petit garçon entre ses deux mains. Martha restait là, debout, interloquée et tétanisée par la situation. Les convulsions cessèrent tout à coup. Ces quelques secondes furent interminables. Enfin, le petit Louis revint à lui. Exténué, désorienté, le petit garçon ne reconnaissait même plus sa mère et sa maison. Les secours arrivèrent quelques minutes plus tard et emmenèrent rapidement Louis à l'hôpital le plus proche.

Dans la panique Jeanne ne se soucia pas de Martha et partit avec son fils. La jeune femme consulta sa montre : 14h28. Il ne lui restait qu'une minute pour s'éclipser, à l'abri des regards avant son retour à l'époque de ses vingt-huit ans. La petite Martha avait suivi sa mère dans l'ambulance avant de lancer un signe amical à sa potentielle future baby-sitter restée devant le portail. Lorsque le véhicule n'était plus susceptible de la voir, Martha se dirigea vers des broussailles tout près de là. Avant d'y parvenir, elle s'évanouit.

4.

« On peut fendre un rocher, on ne peut pas toujours attendrir un cœur. » Proverbe indien.

Le réveil fut rude. Beaucoup plus que tout à l'heure. Martha était étendue, sur un lit. Mais, chose étrange, ce n'était pas le sien. Elle était épuisée par ce voyage dans le temps. Elle arrivait à peine à bouger ses membres. Et puis moralement, c'était une drôle d'épreuve. Les yeux à demi-ouverts, étendue sur ce lit, elle se demandait encore si elle n'avait pas rêvé tout cela. Elle ne comprenait plus grand-chose. Dans ses souvenirs, tout était bien différent. Elle se souvenait bien avoir joué avec son petit frère dans la piscine lors de cet après-midi d'été. Mais à aucun moment il n'avait été pris de convulsion. Tout à l'heure en le persuadant de sortir de l'eau, elle pensait qu'elle le sauverait de la noyade qui l'attendait. Oui, son frère était bien mort noyé dans la piscine familiale ce jour-là. Et leur mère, s'étant absentée quelques minutes pour préparer de la limonade avait confié la garde de Louis à Martha. Et Martha avait failli à son devoir, en laissant périr son petit frère. Il portait des brassards de flottaison. Mais le petit garçon avait fait un caprice et avait voulu jouer les super héros en sautant sans. Martha, encore très jeune, ne l'en avait pas dissuadé et trouvait cela d'ailleurs très drôle. La piscine était peu profonde et Louis avait réitéré son exploit trois fois avant le drame. Au quatrième saut, il ne remonta pas. Jugeant que sept ans était l'âge de raison, les membres de la famille, surtout sa mère, avaient à demi-mot remis la faute sur elle, expliquant que si Martha avait dissuadé Louis de retirer ses brassards, il serait encore en vie.

Mais là, il y a quelques minutes, elle l'avait bien sauvé de la noyade. J'ai réussi, j'ai pu changer le destin, pensa-t-elle avec soulagement. Louis s'était bien réveillé avant son départ. Tout allait bien. Sa vie allait être totalement différente maintenant. En mieux, espérait-elle.

Revigorée à cette pensée, Martha tenta de se lever. Elle bougea doucement chacun de ses membres. Avec beaucoup de mal, elle leva la tête de l'oreiller.

S'appuyant sur ses coudes, elle parvint à faire pivoter ses jambes sur le côté afin de se maintenir assise sur le rebord du lit. La tête lui tournait encore un peu. Elle observa alors la pièce dans laquelle elle se trouvait. Hormis une magnifique photo d'elle sur le mur, tout lui paressait étranger. Elle était assise sur un lit à baldaquins, très haut, très confortable et d'une taille démesurée. Sa main l'effleura, et elle s'aperçut que les draps étaient en satin. Le luxe régnait dans cette chambre. De grands rideaux beiges, très épais, retombaient sur le sol à la manière de ceux des manoirs contemporains. Une superbe coiffeuse trônait sur le côté gauche. Le calme semblait plat dans le reste de l'habitation. Ses yeux se posèrent à nouveau, de manière circulaire sur toute la pièce. Une salle de bain semblait se cacher derrière une jolie porte à la poignée dorée. Mais où suis-je donc, pensa-t-elle. Elle se leva, avec effort, ouvrit la porte de la chambre et aperçut un magnifique escalier qui menait vers un étage inférieur. Elle l'emprunta, s'appuyant lourdement sur la rampe, encore groggy de son voyage dans le temps. Elle arriva dans un grand salon, tout aussi luxueux que la chambre où elle s'était réveillée. Une voix se fit entendre derrière elle.

—Ah, Madame, vous êtes enfin réveillée. Je vous ai laissée faire votre sieste. Voulez-vous boire quelque

chose de chaud ? C'est l'un des mois de novembre les plus froids que j'ai connu.
Martha dévisagea cette femme. Petite, trapue, elle semblait avoir aux alentours de cinquante-cinq ans. Elle était brune, les cheveux attachés en arrière. Vêtue telle une employée de maison, elle arborait un sourire aimable et sincère.
—Vous n'avez pas l'air d'être très bien réveillée. Asseyez-vous dans votre fauteuil, je vous apporte un café au lait au plus vite.
—Oui, très bien, répondit Martha aimablement, sans bien comprendre ce qu'il se passait.
Elle se dirigea vers le fauteuil que cette femme lui avait désigné machinalement. Elle s'y assit. Il était très confortable. Près de la cheminée, Martha y était bien. Elle en profita pour observer la décoration chaleureuse qui l'entourait. Le plafond était très haut. Cette maison avait des airs de petit château. Rien à voir avec sa petite maison de banlieue. Mais vivait-elle bien ici ? Au milieu de ces meubles en chêne massif, de ces lustres ornés de cristal ? Le bordeaux et le beige étaient les couleurs dominantes de la pièce. Elle était accueillante et chaleureuse avec ses grands canapés de velours garnis de coussins en fourrure et ses tapis au sol. Martha était abasourdie. Le simple fait d'avoir sauvé son frère avait radicalement changé le futur et donc sa propre existence. C'était

absolument ahurissant. Elle se retrouvait maintenant dans une somptueuse démesure avec des domestiques à son service. Cette situation était complètement dingue.

—Voilà pour vous Madame. J'espère qu'il vous fera le plus grand bien, je l'ai préparé comme vous l'aimez.

La femme était entrée dans le salon, tenant un plateau d'argent, sur lequel étaient disposés une tasse et une soucoupe de porcelaine d'un éclat magnifique et quelques petits biscuits à la pistache dans une coupelle. Elle s'approcha de Martha, et toujours avec le même sourire éclatant, posa le plateau sur la petite table de bois tout près du fauteuil.

—Merci répondit Martha en lui rendant son sourire.

Elle saisit la tasse, la porta à ses lèvres. Un pur délice. Mais comment cette femme pouvait-elle connaître ses goûts à ce point ?

—Je reviens dans plusieurs heures. Je m'en vais faire quelques courses pour le dîner de ce soir Madame Decharlant.

Entendant ces mots, de surprise, Martha pouffa, expulsant tout le café qu'elle avait dans la bouche et renversant une partie de la tasse de café sur ses genoux. Elle ne s'attendait pas à entendre ce nom là. Cela faisait plus de quinze ans qu'elle ne l'avait pas entendu prononcer.

—Oh, Madame, vous vous étouffez ? répliqua soudainement la domestique, se précipitant sur Martha pour lui venir en aide.

—Non, non, ça va, merci, ça ira.

—Vous êtes sûre ? Bon, je m'en vais, je n'ai plus beaucoup de temps, j'ai vingt couverts à préparer et je n'ai pas le temps de chômer.

La femme s'en alla, fermant la porte derrière elle. Martha se leva ensuite pour tenter de trouver un endroit où se nettoyer un peu. Elle se dirigea dans un couloir, dont les murs étaient ornés de peintures d'un style très contemporain. Elle pensa à Henry. Après avoir ouvert une porte qui s'avéra n'être qu'un placard, elle trouva une salle de bain. La pièce était démesurée. Une baignoire blanche en fonte, sur pieds de lion trônait au milieu. Une cabine de douche d'au moins quatre mètre carré, vitrée, était disposée sur la droite, et un sauna lui faisait face sur la gauche. Toute la maison respirait le luxe. Martha se dirigea vers le lavabo afin de remettre un brin de propreté à sa tenue. C'est à ce moment-là, en s'observant dans le miroir que ses yeux se portèrent sur sa tenue. Quelle classe se dit-elle, je n'ai jamais porté de tels vêtements. Je dois être bien riche. Elle portait une tunique de soie rose glacé au-dessus d'un pantalon cigarette noir des plus classes. Ses longs cheveux habituellement en bataille ou attachés rapidement étaient cette fois rassemblés en un chignon bas, sophistiqué et élégant. Malgré les traits de fatigue sur son visage, elle rayonnait. Ce petit retour dans le passé avait finalement eu beaucoup de bons côtés. La bonne humeur commençait à la gagner. Elle décida d'explorer un peu les lieux. Après tout, il lui semblait bien que c'était chez elle. Elle se dirigea vers la cuisine. Tout aussi chaleureuse que les autres pièces, elle était vaste, ordonnée et apparemment très bien équipée. Une feuille de papier était posée sur le grand plan de travail central. Martha s'en approcha et la saisit.

« Clarence, je suis dans ma chambre,
merci de ne pas me déranger.
Mme Decharlant ».

Ce message semblait destiné à la domestique et émanait de Martha. Trop occupée à s'admirer dans le miroir de la salle de bain, elle avait oublié la manière dont cette femme l'avait nommée. Decharlant, Decharlant, ce nom ne lui était pas inconnu. Mais oui, c'était bien le nom de cet ancien camarade de classe. Martha se creusa la tête. Oui, c'est cela, Theo, Theodule, non,

Théodore, c'est cela Théodore Decharlant. Ils étaient dans la même école. Théodore avait un an de plus qu'elle. Ils n'étaient pas spécialement proches, mais Martha se souvenait bien de lui. À l'époque, elle le trouvait beau garçon, mais un peu condescendant et imbu de lui-même, même à ce très jeune âge. Il savait déjà que ses parents étaient les plus riches de la région. Son père avait fait fortune en créant sa propre entreprise de confection. Théodore était fils unique et ses parents le gâtaient bien trop. Il possédait tous les jouets dernier cri, les vêtements les plus tendances. Tous les enfants de l'école le jalousaient, l'admiraient.

—Et bien, se dit-elle à haute voix, me voilà en couple, mariée avec Théodore. Sa personnalité aura fini par me plaire, conclut-elle, pour elle-même à voix haute.

Elle se dirigea ensuite vers la salle à manger et un autre petit salon qui donnaient directement sur la cuisine. Et là, le choc. Un énorme portrait encadré d'un couple en habit de mariés trônait sur le plus grand mur de la pièce. Il s'agissait bien de Martha, et d'un homme très séduisant, aux traits familiers du Théodore qu'elle avait connu petit. Elle en avait la preuve maintenant. Elle était mariée, avec un homme beau, et de plus extrêmement riche. Que demander de plus à la vie, pensa-t-elle, un sourire figé sur les lèvres.

*

Plusieurs heures passèrent pendant lesquelles Martha sillonna la maison, plus excitée et enjouée à chaque minute. Elle explora les moindres recoins. On aurait dit une enfant devant une montagne de cadeaux. Quand tout à coup, la porte d'entrée s'ouvrit.

—Chérie, tu es là ? J'ai une surprise pour toi.

Martha se précipita dans l'entrée. Elle tomba nez à nez, avec un homme très beau, brun, aux dents éclatantes, habillé d'un costume de travail et de chaussures vernies. C'était l'homme du portrait.

—Oui, je suis ici.

Martha se prêta au jeu. Après tout, elle ne connaissait rien de sa nouvelle vie, mais elle ne demandait qu'à l'explorer de fond en comble. L'homme lui tendit un gros paquet blanc entouré d'un nœud de satin rose pâle.

—Tiens, c'est pour toi, pour ce soir.

—Ha oui, ce soir, merci.

Martha resta immobile quelques instants, le dévisageant, toujours son sourire béat sur les lèvres.

—Et bien, tu ne le déballes pas ?

—Si, si, bien sûr que oui. Allons-nous mettre à l'aise dans le salon, répliqua-t-elle.

Une fois installés, Martha commença à dénouer le paquet que son mari lui avait apporté. Il a l'air plein de bonnes intentions, se dit-elle en son for intérieur, je me demande depuis combien de temps nous sommes mariés. Elle ouvrit la boite et y découvrit une robe beige, fluide, longue, décolletée, en somme, une magnifique robe de cocktail.

—Mon dieu, mais elle est splendide, lança-t-elle spontanément.

—Je suis content qu'elle te plaise. Tu la porteras ce soir, je veux que tu fasses le meilleur effet devant mes collaborateurs.

Il se leva, l'embrassa sur le front et s'éloigna en lui précisant qu'il allait travailler dans son bureau et qu'il ne voulait pas être dérangé.

*

Martha regagna sa chambre, les bras chargés de ce magnifique paquet, un sourire figé sur les lèvres. Elle explora un peu plus cette superbe pièce, effleurant les tissus des rideaux et fixant avec attention les quelques tableaux de maître qui ornaient les murs. Elle découvrit sa salle de bain, moderne et élégante, composée d'une douche et d'une grande baignoire. La pièce était emplie de produits de beauté en tout genre. Elle découvrit également un immense dressing tout aussi garni. L'atmosphère de cette chambre était très féminine. Elle en déduit qu'elle ne la partageait pas avec son mari. Mais soit, les personnes aisées ont sûrement des habitudes peu communes, comme faire chambre à part, se dit-elle. Martha prit le temps de se préparer avec soin. Elle passa sa robe, détacha ses cheveux et les coiffa en de longues ondulations. Elle s'appliqua un maquillage discret et délicat. Elle était très satisfaite du résultat et mourait d'envie d'être admirée par les convives.

Plus tard dans la soirée, on sonna à la porte. Clarence alla ouvrir. Tous les invités arrivèrent presque en même temps. Elle les fit attendre dans le salon quelques minutes avec une coupe de champagne et des petits amuse-bouches faits maison. En attendant les invités, ne sachant pas trop quoi faire, Martha était restée un moment dans sa chambre à admirer sa garde robe, très fournie, notamment en robe de grands couturiers. Elle était ravie de la tournure que prenaient les évènements. Elle avait hâte de découvrir sa nouvelle vie, de s'y acclimater.

Elle entendit toquer à sa porte de chambre.

—Martha, tu es prête ?

Elle reconnut la voix de son époux.

—Oui, oui, je suis prête, j'arrive.

En se dirigeant vers la porte, elle aperçu, sur le lit, la petite fiole bleue qui lui avait permis de changer de vie aussi radicalement. Sans trop se poser de questions, elle alla la mettre en sécurité dans le tiroir de sa table de chevet, bien cachée sous un livre d'Agatha Christie. Étrange, pensa-telle, ce n'est pas mon genre de lecture. Changer le passé m'a vraiment changé moi-même, pensa-t-elle.

Elle ouvrit la porte, saisit le bras que lui tendait Théodore, et ils descendirent les marches tels un empereur et son impératrice, jusqu'au salon.

—Mesdames, messieurs, bonsoir. Veuillez nous pardonner pour l'attente. Laissez-moi vous présenter ma charmante épouse Martha.

—Bonsoir à tous, lança Martha accompagnée d'un sourire ravageur.

L'assemblée eut l'air subjuguée par sa beauté, et par la joie de vivre qui transparaissait sur son visage. Après quelques instants passés à bavarder avec les femmes des collaborateurs de Théodore, tous passèrent à table. Le repas était copieux et raffiné. Clarence était une experte en la matière. Martha se délecta des délicieux vins qui accompagnaient chaque mets. La soirée se déroula à merveille. Martha fit extrêmement bonne impression. Théodore paraissait enjoué et heureux de pouvoir conclure ses contrats. Au moment du dessert, l'atmosphère se détendit encore. Les invités souhaitèrent alors mieux connaitre Martha et commencèrent à la questionner.

—Alors Martha, parlez-nous un peu de vous, de votre famille. D'où venez-vous, que faites-vous ? Nous voulons tout savoir de vous. Nous vous écoutons avec la plus grande attention, lança l'un des convives avec un petit rire sympathique.

—Et bien, je suis l'heureuse épouse de Théodore comme vous pouvez le constater. J'aime lire Agatha Christie. Ah oui, et j'ai un frère, de trois ans mon cadet, Louis.

—Ah oui ? Théodore petit cachotier, vous nous aviez dit que votre femme était fille unique.

—Mais c'est le cas, répondit Théodore sèchement, fusillant Martha du regard, son frère est décédé il y a plusieurs années. Que t'arrive-t-il chérie ?

Martha, abasourdie par les propos de son mari, peina à répondre. Elle finit par répliquer :

—Heu, rien, rien, pardonnez-moi. Toutes ces lectures me brouillent un peu l'esprit. Je vous pris de m'excuser je vais me retirer dans ma chambre. Bonsoir.

Confuse et déstabilisée, Martha préféra quitter l'assemblée. Incrédules, les invités la regardèrent s'éloigner. La rage semblait emplir les yeux de son époux qui essayait tant bien que mal de divertir ses convives et de passer à autre chose. La soirée se termina environ une heure plus tard. Pendant ce temps, Martha, dans sa chambre, ne savait plus où se mettre. D'une part, elle était déçue d'avoir gâché la soirée, mais de l'autre, quel choc d'apprendre que son frère était tout de même mort. Que s'était-il passé après son départ de la maison familiale? Avait-il succombé dans l'ambulance, une crise identique lui avait-elle été fatale ? Tout se bousculait dans son esprit. Au vu des évènements, Louis semblait avoir fait une crise d'épilepsie. C'est ce qui avait dû, à l'époque, le faire sombrer au fond de l'eau avant que Martha ait pu s'en rendre compte. Elle tourna et retourna encore ces questions dans son esprit pendant de longues minutes. Il lui fallait découvrir tous les aspects de sa nouvelle vie, pour peut-être la modifier encore. Après tout, elle avait encore la fiole, et il lui restait encore deux retours dans le passé si elle le souhaitait. Mais que faire ? Sa vie avait été un enfer jusque-là. Lorsque son frère s'était noyé dans la piscine près d'elle, tout le monde l'avait tenu pour responsable, malgré son âge. Y compris sa mère, qui, quelques mois plus tard avait préféré rejoindre son fils au paradis. Trop dépressive, la présence de sa fille n'avait pas suffi à la retenir. La grande descente aux enfers avait alors commencé pour Martha. Seul Henry avait été présent pour elle, pour la sortir de la rue, de ses addictions, de sa pauvreté. Elle lui était cent fois redevable. Mais globalement, sa vie n'avait pas été très reluisante. Alors que maintenant, elle était mariée, avec un époux qui paraissait formidable. Elle vivait dans une demeure somptueuse, avec des domestiques à son service. Elle pouvait probablement avoir tout ce qu'elle désirait. Le choix était difficile à faire. Elle se décida enfin à se laisser du temps. De toute façon, elle ne disposait pas d'éléments suffisants sur sa vie actuelle pour prendre une décision.

Un bruit fracassant la sortit de ses pensées. La porte en bois sculpté s'ouvrit subitement sur son époux. Théodore surgit dans la chambre. Martha assise sur le lit fut tétanisée. Il se rua sur elle et lui asséna un violent coup de poing au visage. Martha, aucunement préparée à cela, tomba sur le sol. Sonnée, elle se toucha le visage, elle saignait. L'incompréhension la gagna. Sans qu'elle puisse se relever, dans un élan de rage, l'homme s'approcha d'elle. Il lui jeta plusieurs coups de pieds dans le ventre tout en l'insultant. Martha criait.

—Mais tu es fou, arrête, pourquoi tu fais ça ?

Théodore lui répondit tout en la frappant davantage.

—Espèce de salope, tu deviens folle en plus maintenant. Je vais te faire interner.

—Au secours, mon dieu, mais arrête, je t'en prie.

Martha, toujours au sol, l'implorait. Il se mit à sa hauteur.

—Tu as tout gâché sale connasse. Mes collaborateurs vont te prendre pour une dingue, et moi avec.

—Aïe, mais pourquoi dis-tu cela ? Arrête, je t'en supplie.

—Ton frère est mort pauvre idiote, dans un accident de voiture il y a sept ans. Je vais te rafraîchir la mémoire à coups de poing si ça ne suffit pas.

Un violent coup de poing vint s'écraser sur le visage de Martha. Et là, le noir.

5.

« L'amour du méchant est plus dangereux que sa haine. » Proverbe indien.

Bordée soigneusement dans son lit aux draps de satin, Martha s'éveilla. La lumière du soleil entrait par les interstices des rideaux et la tira lentement de son lourd sommeil. Sa tête lui faisait très mal et elle avait la sensation que tous ses membres étaient endoloris. Décidément, cette modification des événements m'a vraiment chamboulée, pensa-t-elle, quel cauchemar j'ai fait ! Elle jeta un œil à l'horloge de style baroque posée sur sa table de nuit. Celle-ci indiquait 10h42. Elle se leva doucement, enfila une robe de chambre de soie, ses pantoufles de velours et descendit à la cuisine pour y grignoter quelque chose. Clarence était déjà en train de préparer le repas de midi. Lorsque la porte s'ouvrit sur Martha, la domestique se retourna lentement.

—Bonjour Madame Decharlant, comment vous portez-vous ce matin ?

—Assez bien Clarence, je vous remercie répondit Martha. Hormis ce mal de tête incroyable !

—Je n'en doute pas, vu comment s'est terminée la soirée d'hier !

—Comment ça Clarence ? D'ailleurs je ne me souviens même pas de la fin de cette soirée.

—Madame, vous ne vous êtes pas regardée dans un miroir depuis votre lever ?

—Non, pourquoi donc Clarence ?

La servante s'éclipsa sans un mot, laissant Martha interloquée. Elle resurgit quelques instants plus tard, un miroir à la main, et le plaça face à la jeune femme.

Ce fut un choc. Maintenant elle comprenait mieux toutes ces douleurs à la tête. Son visage était complètement tuméfié. Son œil gauche était bleui, sa lèvre gonflée, on pouvait distinguer quelques autres bleus sur son buste et sa poitrine.

—Mon dieu, mais que m'est-il arrivé ? lança-t-elle à Clarence, le regard empli de peur.

—Monsieur Decharlant encore une fois. Il a dû taper bien fort cette fois pour que vous ne vous souveniez de rien. Heureusement que j'ai entendu vos cris Madame, j'ai pu monter à votre secours après le coup de colère de Monsieur et vous coucher soigneusement.

Martha ne pouvait plus prononcer un seul mot. Ce n'était pas un cauchemar, cette scène horrible, elle l'avait bien vécue. Sans dire un mot, elle sortit de la pièce, remonta dans sa chambre et resta prostrée plusieurs minutes au pied de son lit. C'était une hécatombe pour elle. Sa vie d'avant n'était pas un idéal, loin de là. Mais tout recommencer pour, d'une part apprendre que son frère était tout de même décédé, et d'autre part se retrouver mariée à un homme violent : c'était au dessus de ses forces. Il fallait changer cela. Après tout, elle avait encore la petite fiole avec elle. Il lui restait deux retours dans le passé. Mais elle ne pouvait pas faire cela sur un coup de tête. Il lui fallait en apprendre beaucoup plus sur sa vie actuelle, et vite, il n'était pas question de se reprendre une raclée comme la veille. Après s'être assurée que la fiole était toujours bien à l'endroit où elle l'avait laissée, Martha se dirigea vers sa salle de bain, qui donnait dans sa chambre. Son dos lui faisait mal, elle s'en rendit compte en voulant s'allonger dans la baignoire rempli d'une eau bien chaude. Il était couvert d'hématomes. En fouillant bien dans ses placards, elle réussit à dégoter de quoi cacher les coups sur son visage. Il était midi quand elle finit de se préparer et descendit. Elle croisa Clarence dans l'entrée de la maison et lui précisa de ne pas l'attendre, qu'elle rentrerait tard.

*

C'était la première fois qu'elle mettait un pied dehors depuis sa « nouvelle vie ». Elle ne reconnaissait rien. A vrai dire, elle ne savait même pas dans quelle ville elle vivait. Elle ne tarda pas à le savoir. Elle croisa un plan de la ville : Reims. Elle connaissait de nom, mais n'y avait jamais mis les pieds. D'après les discussions du dîner de la veille, elle avait compris que son mari travaillait dans le domaine du champagne. Ça devait être la raison pour laquelle elle vivait ici. Sans trop savoir où elle allait, elle monta dans un bus qui la déposa jusqu'au centre de la ville. Là-bas, elle chercha un cybercafé. Internet était le meilleur moyen pour elle d'avoir des informations rapidement. Et elle avait beau avoir fouillé sa chambre, elle n'avait trouvé ni ordinateur, ni tablette, ni téléphone portable. Elle avait pris de l'argent liquide dans le tiroir de sa table de nuit. Avec ça, elle pouvait rester connectée plusieurs heures. Il fallait qu'elle sache ce qui était arrivé à son frère. Martha commença alors de longues recherches. Au fil des

heures, elle réussit à collecter quelques informations.
Quelle mine d'or cet internet ! Martha parvint à recueillir des anciennes coupures de presse. Mais malheureusement, elle ne trouva rien de positif. Comme l'avait dit son mari la veille, son frère était bien décédé dans un accident de voiture. Elle comprit alors que lors de son premier retour dans le passé elle avait réussi à le sauver de la noyade et qu'il avait vécu. Mais que s'était-il passé ce fameux samedi soir ? Les journaux restaient très vagues. Aucune explication précise.

« ***Un dramatique accident***

Un accident de la circulation est survenu la nuit dernière. Un véhicule transportant quatre jeunes garçons a quitté la route de campagne sur laquelle il roulait, entre Milizan et Ste Eulalie. Le violent choc n'a laissé aucune chance à ses occupants.
Selon des témoins, la voiture aurait dévié de sa trajectoire, sans raison apparente avant de quitter la route et de faire plusieurs tonneaux. Les secours, pourtant arrivés sur place très rapidement n'ont rien pu faire pour

sauver ces quatre jeunes gens. Une messe sera célébrée ce mardi à 11h en l'Eglise de Ste Eulalie afin de rendre un dernier hommage à Paul Sabraque, Gaston Favrier, Louis Macgarlick et Henry Costuna ».

Le choc ! Il n'y avait pas d'autre mot pour qualifier l'effet qu'avait eu cet article sur Martha. Cette journée était la pire de sa vie. En plus d'avoir confirmation du décès de son frère, elle apprenait dans le même article, la mort de son meilleur ami Henry. Assise sur la chaise du cybercafé, devant l'ordinateur, elle se laissa aller en arrière, abasourdie par cette terrible nouvelle. Le visage dans les mains, elle laissa couler quelques larmes. Décidément, plus le temps passait, plus sa nouvelle vie prenait une tournure effroyable. L'article datait de plus de sept ans. L'accident avait eu lieu près de son village d'enfance. Henry et son frère étaient ensemble. Cela paraissait cohérent, ils n'avaient que trois ans d'écart. Et d'après ce qu'elle put lire par la suite dans d'autres articles, c'était Louis qui conduisait la voiture. Mais qu'avait-il pu se passer pour qu'il quitte brusquement la route ? Et elle, pourquoi avait-elle atterri à Reims, cette ville où elle n'avait jamais mis les pieds auparavant. Il fallait poursuivre les recherches. Elle tapa alors son nom sur un moteur de recherche. Elle voulait en savoir plus sur sa vie. Mais ses investigations ne donnèrent rien à part une photo de groupe sur laquelle elle figurait en robe de soirée, accompagnée de son mari. Cela avait tout l'air d'une soirée mondaine dans une cave de champagne. Mais cela ne lui apprenait rien de plus.

Elle sortit dehors, erra dans le centre-ville, marchant là où le vent l'emportait, sans but. Elle trouvait cette histoire complètement folle. Comment, à l'aide d'une simple fiole avait-elle pu se retrouver ici ? Dans un endroit qu'elle ne connaissait pas, sans famille, ni ami, mariée à un homme violent. Elle était en train de vivre une tragédie.

Soudain, au coin d'une rue, une jeune femme d'environ son âge, s'avança vers elle avec un large sourire et l'enlaça chaleureusement, apparemment surprise de la voir.

—Oh, Martha, comme je suis contente de te voir ! Qu'est-ce que tu fais là ? Tu es sortie de ta prison dorée ? Plaisanta-t-elle.

—Oh, heu, bonjour, lança Martha poliment, mais très décontenancée.

—Qu'est-ce que tu as, tu ne m'as pas l'air dans ton assiette chérie ? Ça fait un petit moment qu'on ne s'est pas vues ! Ecoute, là je n'ai pas trop le temps de bavarder, mais tiens, voici mon nouveau numéro, j'ai changé la semaine dernière, appelle-

moi dès que tu as un moment, on se verra pour se raconter les derniers potins.
La jeune femme glissa dans la main de Martha un petit papier sur lequel elle avait griffonné son numéro personnel. Elle embrassa Martha et s'en alla, se noyant dans la foule qui grouillait dans les rues.
Martha glissa le billet dans la poche de son trench beige et continua son chemin, observant cette ville inconnue, tout en se posant mille et une questions.

6.

« Pour toute grande entreprise, un homme ne peut pas dépendre simplement de lui-même. » Proverbe indien.

Il se faisait déjà tard, elle commençait à avoir faim et froid. Elle n'avait grignoté qu'un petit sandwich à la terrasse d'une brasserie. C'était le début de l'automne, et dans cette région, l'humidité ne se faisait pas prier. Martha consulta un plan des transports en commun de la ville, monta dans un bus et rentra dans cette fabuleuse maison dans laquelle elle vivait depuis la veille. Elle s'arrêta quelques secondes devant le porche pour l'observer. C'était une grande bâtisse, du style maison de maître. Sur plusieurs étages, elle disposait de petits balconnets qui lui donnaient un air de manoir. Elle était encerclée par un superbe jardin arboré, bien caché des regards indiscrets. C'était la maison dont elle avait toujours rêvé. Mais malheureusement, la vie qui allait avec n'était pour le moment pas très idyllique. Il faisait déjà nuit depuis plusieurs minutes. Elle se décida à entrer.

—Ah, bonsoir Martha, je suis rentré de bonne heure aujourd'hui et j'ai été surpris de ne pas te trouver à la maison.

Théodore était là, assis dans son grand fauteuil près de la cheminée, un cigare à la main. On aurait dit une caricature. Malgré la tranquillité dans sa voix, il semblait nerveux.

—Oui, je suis allée me balader en ville cette après-midi. J'avais besoin de prendre l'air.

Martha s'approcha de lui à petits pas. L'homme se leva d'un bon, un sourire forcé planté sur son visage. Il s'avança vers elle.

—Ah oui ? Prendre l'air, avec qui ? Ne t'avise pas de trainer, tu me le paierais Martha, dit-il un droit menaçant pointe vers elle.

—Oh, mais non chéri, que vas-tu croire là ? répliqua Martha avec un sourire, craignant cet homme imprévisible et tentant de repousser la tempête.

—Et en plus tu prends le bus, comme une pauvre délurée ? J'ai bien vu que ta voiture était restée au garage. Tu as envie qu'on te voit te comporter

comme une indigente ? Et ma réputation alors, qu'en fais-tu pauvre idiote ?
—Je, je voulais juste changer, voir la ville autrement.
—C'est ça, prends-moi pour un con !
Et Théodore la gifla. Portant la main sur sa joue Martha le supplia de la laisser.
—Non, Théodore s'il te plait, je te jure que je n'ai rien fait de mal. Arrête, je t'en prie.
Martha put lire la rage dans les yeux de son mari. Il était si impressionnant. Et Martha était tellement affaiblie par les horribles nouvelles qu'elle avait apprises ce jour. Malgré tout, elle eut l'instinct de faire demi-tour et de courir vers les escaliers qui menaient à sa chambre. Théodore la suivit, d'un pas décidé, la traitant de noms d'oiseaux. Martha parvint à s'enfermer à double tour et alla se recroqueviller derrière le lit, près de la fenêtre. Théodore tambourina à la porte, frappant à coups de pied et de poing sans parvenir à l'ouvrir.
—Tu ne m'échapperas pas comme ça. Je vais te montrer ce que c'est d'obéir à son époux. Tu ne fais pas ce que tu veux ici pauvre fille, c'est moi qui ramène l'argent, toi tu n'es rien ! Tu serais encore sur le trottoir si je n'étais pas venu à ton secours. Tu me dois tout, souviens toi-en, petite salope.
Et là, le silence. Martha laissa alors s'échapper les sanglots. Elle était complètement perdue. Dans son

esprit il n'y avait que de l'incompréhension. Comment allait-elle se sortir de tout cela ? Elle pensa bien à avaler une gorgée du flacon bleu. Mais il lui fallait penser à une période précise de sa vie pour y retourner. Et elle n'avait pas encore suffisamment de renseignements. Martha se coucha, sans même avoir dîné. Toute cette histoire lui avait fait perdre l'appétit de toute façon.

*

Après une petite nuit, entrecoupée de cauchemars, Martha se leva de bonne heure. Durant la nuit elle repensa à cette jeune femme qu'elle avait croisée dans la rue la veille. C'était une étrange rencontre mais elle semblait bien connaître Martha. Elle allait sûrement pouvoir lui en apprendre plus. Il fallait qu'elle la revoie. Martha se leva de son lit et alla fouiller dans la poche de son trench. Elle saisit le téléphone fixe de sa chambre et composa le numéro.

—Bonjour, vous êtes bien sur le téléphone d'Annette, je ne suis pas disponible pour le moment, mais laissez-moi un message, je vous rappellerai dès que possible.

—Euh, bonjour, c'est Martha. Heu, ça m'a fait plaisir de te voir hier. Est-ce qu'on peut se voir

aujourd'hui ? Je serai à 11h au café devant lequel nous nous sommes croisées hier. A tout à l'heure.
Martha en savait déjà plus, cette jeune femme se prénommait Annette. Maintenant, il fallait construire une stratégie pour obtenir le plus d'informations possible sans éveiller les soupçons.
Ne sachant pas si son mari était déjà parti pour le travail, Martha resta la plus discrète possible dans sa chambre jusqu'à l'arrivée de Clarence.
Environ 1h plus tard, Martha entendit du bruit dans la cuisine. Cela devait être la domestique qui commençait à préparer le petit-déjeuner. Elle se décida alors à descendre pour saluer Clarence et manger un morceau. Elle s'était couchée sans dîner et la faim commençait vraiment à la tirailler.
Dans l'escalier, Martha sentit de bonnes odeurs émaner de la cuisine : les œufs, le bacon, la brioche chaude. L'eau lui venait à la bouche. Enfin du réconfort, pensa-t-elle. Elle entra dans l'immense cuisine, submergée par la faim.
—Bonjour Clarence.
—Bonjour Madame Decharlant. Avez-vous passé une bonne nuit ? Je vous prépare votre petit-déjeuner.
—Non, je n'ai pas passé une très bonne nuit, votre cuisine me fera le plus grand bien.
Martha s'installa à la grande table, toujours en chemise de nuit de soie, dévora son petit déjeuner,

et remonta dans sa chambre pour se préparer. Après quelques minutes, tandis que Clarence s'attelait aux travaux domestiques dans la grande demeure, Martha la questionna feignant de ne pas trouver ses clefs de voiture. Cette fois, elle voulait se rendre au centre ville sans emprunter les transports en commun. Mais problème : elle ne savait pas quelle était sa voiture et où se trouvaient les clefs.

—Avez-vous regardé dans la petite boîte dorée qui est dans l'entrée Mme Decharlant ? Vous les mettez toujours là d'habitude, répondit Clarence.

—Ah oui, merci Clarence. Où ai-je la tête ?

Clarence était une femme vraisemblablement adorable. De petite taille, assez trapue, elle semblait douce, chaleureuse et avoir le cœur sur la main. La jeune femme sentait qu'elle pouvait compter sur elle.

Martha se saisit des clefs dans la boîte dorée et se dirigea vers le garage attenant à la maison.

C'était un grand bâtiment, construit dans le même style que la maison. À l'intérieur se trouvaient plusieurs véhicules de luxe. Décidément, Théodore n'avait pas raté sa carrière naissante, se dit Martha. A seulement vingt-neuf ans, il était à la tête d'une maison de champagne locale et grâce à la fortune de ses parents et à son ambition, il possédait tous ces biens de grande valeur.

—Bon, laquelle est la mienne ? Se questionna Martha.
Elle pressa le bouton sur la clef de voiture. Des cliquetis se firent entendre et les phares d'une belle Jaguar noire s'allumèrent.
—Mon Dieu, Henry serait fou de voir dans quoi je roule ! dit-elle à haute voix.
Elle monta dans la superbe voiture, enfila ses lunettes de soleil, et sortit de la grande demeure, direction le centre ville, le GPS intégré étant d'une bien grande aide.

*

Après s'être garée soigneusement, Martha se dirigea vers le café où elle avait donné rendez-vous à la jeune femme de la veille. Elle s'assit à une table à l'intérieur. Il était encore un peu tôt, et la fameuse Annette n'était pas encore arrivée. Martha se plongea dans ses pensées. Mille questions lui traversaient l'esprit. Pourquoi Théodore avait-il dit la veille que sans lui, elle serait encore sur le trottoir ? Qu'était-il arrivé à son frère et à Henry, pourquoi cet accident ? Où étaient son père et sa mère à l'heure actuelle ? Si elle avait sauvé son frère de la noyade, sa mère ne s'était pas suicidée et son père ne s'était pas remarié et n'était pas reparti aux Etats-Unis. Où était passé toute sa famille dans ce cas ? Avait-elle tout de même écrit son livre, son best-seller ? Pourquoi s'était-elle mariée à un homme aussi tyrannique ? Martha était dans l'impasse. Elle pensait de plus en plus à Henry, et elle ressentait un manque. Après le décès de son petit frère dans la piscine, la mère de Martha s'était suicidée à l'aide de médicaments dans leur grande maison de Sainte Eulalie. Le père de Martha, ne pouvant plus supporter cette situation, laissa le choix à Martha qui avait alors dix ans, de partir vivre avec lui aux Etats-Unis ou de rester vivre avec sa grand-mère maternelle à Sainte Eulalie. Martha avait choisi de rester. Après tout, les USA, c'était l'inconnu pour elle. À Sainte Eulalie, elle avait tous ses amis, ses repères. À l'âge de dix-huit ans, la grand-mère de Martha décéda à son tour. C'est là que la grande descente aux enfers commença pour elle. La drogue, l'alcool, les squats. Seul Henry avait réussi à la sortir de là, la forçant à entrer en cure à Paris et l'hébergeant ensuite pendant quelques années. Il était venu s'installer en région parisienne entre temps pour être plus proche de Martha. C'est ce destin tragique qui l'avait amenée à écrire un livre. Martha pensait que cela serait une sorte d'exorcisme, d'auto-thérapie. Mais voilà elle se retrouvait là, dans une seconde vie, apparemment encore pire que la première, encore plus égarée qu'auparavant. Et là, toute sa vie était remise en question. Dans cette deuxième vie, plus rien ne s'était passé comme dans ses souvenirs, tout avait changé avec son retour dans le passé, et son courage de sauver son petit frère de la noyade.

Elle vit entrer Annette dans la brasserie. La jeune femme cherchait Martha des yeux. Elle s'approcha, d'un air enjoué et s'assit aussi vite qu'elle enleva son manteau de laine bouillie noir.

Annette semblait avoir environ le même âge que Martha. Elle était brune aux cheveux mi-longs, une frange très droite coupée au-dessus des yeux. Elle était fine, vêtue de manière discrète mais avec de très hauts talons. Son épais manteau de laine noir empêchait de distinguer ses courbes.

—Ah, tu es là. Ça va ma chérie ? Alors, qu'est-ce que tu as de beau à me raconter depuis trois semaines ? Ton dégénéré de mari t'a laissée sortir ?

Annette semblait être au courant des violences que subissait Martha.

—Oh, et bien, difficilement.

Martha enleva son foulard pour laisser paraître les ecchymoses sur sa poitrine.

—Mon dieu, il ne t'a pas loupée cette fois.

Martha commençait à rentrer dans le jeu, feignant de très bien connaître Annette.

—Oui, à tel point que j'ai perdu connaissance. J'en ai des pertes de mémoire d'ailleurs. Pourrais-tu m'éclairer un peu ?

—Comment ? Mais ce mec est malade, viens avec moi, je t'emmène chez les flics pour déposer une plainte. Et après je t'emmène à l'hosto pour faire des examens.

—Non, non, c'est bon je t'assure je vais bien. S'il te plait j'ai juste besoin que tu m'aides à me souvenir pour le moment.

D'un air dépité, Annette rétorqua :

—Bon, qu'est ce que tu as oublié ?

—Et bien, beaucoup de choses à vrai dire. Est-ce que Théodore me frappe souvent ?

—Bah, il a levé la première fois la main sur toi deux jours après votre mariage, il y a deux ans, et depuis il te tyrannise et te terrorise. Attends, tu ne te souviens plus de ça ? Il a vraiment frappé fort. Sérieusement il faut aller à l'hôpital pour passer des examens Martha!

—Pas maintenant, j'ai d'autres questions. Depuis quand nous connaissons-nous déjà ?

—Et bien, depuis sept ans. Après la mort de ton frère et de ton petit ami dans l'accident de voiture, ta famille a éclaté. Toi tu es partie en vrille, et on s'est rencontrées sur le trottoir ma belle.

—Henry était mon petit ami ?

—Comment tu peux ne pas te souvenir de ça ? Ça t'a détruite ! Tu ne veux pas que je t'emmène à l'hôpital Martha, tu m'inquiètes vraiment là !

—Non, ça va, je t'assure. J'ai juste l'esprit un peu brouillé, ça va me revenir. Mais je voulais juste que tu me rafraichisses la mémoire.

—Ne t'inquiète pas, tu sais bien que je suis toujours là pour toi. Ça me fait tellement plaisir de te voir.

Au fil de la discussion, Martha comprit, sans poser plus de question, qu'Annette n'était pas sortie de la prostitution. Que malgré les coups que Martha recevait de son mari, elle l'enviait beaucoup de ne plus se soucier de trouver de quoi manger, payer les factures, travailler la nuit et faire tout ce qu'elle était obligée de faire avec les hommes pour survivre. Martha aurait débarqué à Reims après la tragédie familiale, pour commencer un travail de serveuse et pour changer d'air. C'est à partir de ce moment, les dettes s'accumulant, que Martha avait rencontré Annette. Apparemment Annette était originaire de Lyon. Des problèmes familiaux, des ruptures, l'avaient amenée ici, à vendre son corps pour survivre. Et maintenant, elle se sentait coincée.

Après avoir bavardé longuement, les deux filles se séparèrent, s'embrassant une dernière fois. Martha commençait vraiment à avoir de la sympathie pour Annette. Cette fille semblait l'avoir soutenue.

7.

« Il y a deux hommes bons, l'un est mort et l'autre n'est pas encore né. » Proverbe indien.

De retour chez elle, Martha ressentit le besoin de s'allonger un peu. Elle s'assoupit et ne se réveilla que lorsque l'horloge de sa chambre indiquait 17h50. Cette longue sieste lui avait permis de rattraper les heures de sommeil manquantes de la terrible dernière nuit.
Clarence lui apprit que son mari était parti en déplacement pour plusieurs jours et qu'elle serait donc seule pour dîner. Elle lui proposa alors de lui porter un plateau dans sa chambre, comme elle en avait l'habitude lorsque Monsieur Decharlant était absent. Ce que Martha accepta volontiers.

Quelques minutes plus tard, la domestique apparut dans l'embrasure de la porte avec entre les mains un plateau d'argent sur lequel étaient disposés un verre de vin blanc bien frai, des petits toasts au saumon, une salade composée de tomates séchées et pignons de pin ainsi qu'une petite salade de fruits frais. Martha était ravie. Elle dégusta avec délice ce repas puis chercha de quoi se distraire. Savoir son mari loin d'elle était un vrai soulagement. Il lui faisait si peur. Et en même temps elle se trouvait tellement forte d'être capable d'accepter cette vie de couple horrible. Enfin, peut-être n'avait-elle pas le choix, tout simplement. Peut-être que pour elle, c'était cette vie ou le trottoir. Bref, Martha ne voulait pas y penser et préférait s'occuper à quelque-chose de plus plaisant. Elle se souvint alors du roman d'Agatha Christie qu'elle avait aperçu dans sa table de nuit. Ce n'était pas son genre de lecture habituelle, mais bon, pourquoi ne pas essayer. En ouvrant le tiroir, son regard se posa sur la fiole bleue. Lui revint alors en mémoire la possibilité de s'échapper, de repartir encore dans le passé, la possibilité de tout recommencer à nouveau. Mais non, il était encore trop tôt. Elle tourna le regard en se saisissant du roman : *Le témoin muet.* Ce roman datait de 1937 et mettait en scène le célèbre détective Hercule Poirot. Elle le feuilleta rapidement sans grande conviction quand soudain, elle s'aperçut que de petits morceaux de papier étaient glissés entre certaines pages, des notes apparement. Curieuse, elle se saisit de chacun d'entre eux pour en comprendre le sens. Des numéros de pages, des morceaux de phrases, des numéros de lignes étaient inscrits sur chacun. Après de longues minutes d'inspection, elle tomba enfin sur un passage entier du livre, surligné de jaune fluorescent :

« La victime ne se sentait « pas dans son assiette » et un halo lumineux se dessinait très nettement autour de sa tête, alors qu'elle était dans une pièce obscure : l'haleine de Miss Arundell était phosphorescente !

La victime souffrait d'une atteinte hépatique depuis de nombreuses années or les symptômes de l'empoisonnement par le phosphore sont similaires à ceux de certaines affections du foie :

« Oh tout était bien combiné ! Très facile de se procurer du phosphore. On le trouve dans certaines allumettes et dans de nombreuses préparations pour détruire les parasites.

Or il est mortel à très faible dose [...] Le médecin s'y laisse prendre d'autant plus facilement que l'odorat du Dr Grainger est déficient, ainsi que j'ai pu le constater. L'odeur alliacée de l'haleine est un des symptômes de l'empoisonnement par le phosphore. » »

Étrange, pensa Martha, pourquoi aurais-je surligné ce passage en particulier ? Encore plus étrange que ce passage parle d'ail, compte tenu de son nom de famille, Macgarlick. La coïncidence était troublante.

Elle continua de feuilleter le livre sans même le lire, simplement à la recherche d'autres éléments qui pourraient l'éclairer. C'est alors qu'elle tomba sur une coupure de presse. Celle-ci datait d'un 14 avril, précisément quatre jours après le dramatique accident qui coûta la vie à son frère et à Henry. Les larmes lui montèrent aux yeux à l'idée d'y repenser. Il lui revint soudain en tête la phrase d'Annette lui expliquant qu'elle était en couple avec Henry. Comment cela avait-il pu être possible ? Elle qui ne ressentait rien pour lui, cet ami qu'elle considérait comme un frère. Comment la relation avait-elle débuté ? Malheureusement, rien ne pouvait la mettre sur la voie. Cette nouvelle vie était trop éprouvante. Trop d'informations et en même temps, pas suffisamment, trop de questions et pas assez de réponses : l'accident de son frère, sa relation avec Henry, sa vie de prostituée, son mariage avec Théodore, et ses parents, étaient-ils encore en vie, si oui, où étaient ils ? Comment avaient-ils pu l'abandonner à ce triste sort ?

Essuyant une larme, Martha se ressaisit, et commença à lire la coupure de presse qu'elle avait entre les mains :

« Suite au dramatique accident survenu samedi dernier sur la route menant à Sainte Eulalie, un envoyé spécial de notre journal a retrouvé un témoin oculaire. Cet homme, qui roulait quelques mètres en arrière de la voiture accidentée contenant les quatre garçons décédés, a tout vu de l'accident. Mr Théodore Decharlant, originaire du pays à très distinctement vu la voiture tanguer de gauche à droite sur de longs mètres. Le conducteur était selon lui en état d'ébriété. Il ne fut pas étonné lorsque la voiture dévia de sa course, pour quitter la route est enfin entrer en collision avec un arbre sur le bas-côté. C'est lui-même qui est intervenu sur les lieux le premier et qui a prévenu les secours, qui sont intervenus quelques minutes plus tard, en vain. Les quatre jeunes garçons avaient déjà perdu la vie. Ce dramatique accident [...] »

*

Théodore ? Mais comment ? Pourquoi ? Que faisait-il à quelques mètres de cette maudite voiture ? Était-ce une coïncidence ? Très étrange tout de même.

Martha sentait sa tête tourbillonner. Ses pensées étaient de plus en plus confuses.
Et pourquoi ce passage du livre surligné ? Un passage concernant un empoisonnement qui plus est. Avait-elle l'intention de s'en servir contre quelqu'un ?
Tout cela l'avait épuisée. Martha finit par s'assoupir, puis sombra dans un profond sommeil.

8.

« La principale connaissance est celle de soi-même, toute autre connaissance lui est inférieure. » Proverbe indien.

Debout dans son dressing, Martha chercha la meilleure tenue pour être à la fois élégante et à l'aise. La journée allait être longue, elle avait décidé de se lancer dans une enquête sans relâche. Pas question de laisser filer le temps. L'absence de son mari était le moment parfait pour explorer toutes les hypothèses.

Un jean Mumfit assorti d'un chemiser blanc, une paire de Converses montantes blanches et un manteau de tweed beige seraient parfaits. Le tout surmonté d'une queue de cheval approximative et d'un bref coup de fond de teint et de rouge à lèvre bien vif pour apporter un petit côté bonne mine.

Ses ecchymoses étaient encore présentes et il fallait bien camoufler le tout.

*

La seule personne qui pouvait l'aider dans sa quête c'était Annette. Alors, elle avait de nouveau rendez-vous avec elle cette après-midi dans un bar à l'ambiance chic et lounge, c'étaient les mots d'Annette.

*

14h25. Annette apparue dans l'entrée du bar. Elle avait quelques minutes d'avance. Martha avait tellement hâte de passer à « l'interrogatoire ». Elle s'en voulait un peu de se servir d'elle, car Annette lui semblait être quelqu'un de bien, mais c'était un peu comme cela que Martha le ressentait. En l'espace d'une nuit elle s'était muée en une sorte d'Hercule Poirot, en quête des moindres détails la concernant.

—Hey, salut ma biche ! Comment ça va ? Ah, tu as déjà meilleure mine que la dernière fois !

—Merci au fond de teint et au rouge à lèvre,, lui répondit-elle avec un clin d'œil. Bonjour Annette. Je suis contente de te voir.

—Moi aussi, bon on commande quoi ? Des mojitos ? Des tequilas ?

—Quoi ? Répondit Martha, les yeux ronds de surprise.
—Mais non je déconne ! Deux cafés crème ? Ça te va ?
Et sans attendre la réponse de Martha elle appela le serveur pour passer la commande.
—Bon alors, qu'est-ce qui t'amène ? Tu as enfin décidé de quitter Theo le taré ?
Voyant la mine peu réceptive de Martha à cette petite blague, elle se ravisa.
—Ok, pardon ma biche. Tu as encore besoin de moi pour tes pertes de mémoire ?
—En effet. J'ai toujours pas mal de zones d'ombres. Tu crois que tu peux m'aider ?
—Oui, ça j'en suis sûre. On a quand même vécu dans le même appart près d'un an. Et avec toutes les soirées passées à nous raconter notre vie, je crois que je te connais mieux que toi-même, répliqua-t-elle avec un rire tonitruant.
Annette semblait prendre tout cela à la légère, mais sa dernière phrase rassurait largement Martha.
—Super. Alors vas y, raconte-moi tout ce que tu sais sur moi, tout ce que je t'ai raconté, ma vie avant l'accident de mon frère, notre rencontre, comment j'ai rencontré Théodore, tout quoi.

—Pfiou, t'es sérieuse ? Bah on en a pour un bon moment alors! Tu as plusieurs jours devant toi ? Hahaha !
Les cafés arrivèrent, un bon point de départ pour entamer la discussion.

*

Les deux amies se quittèrent vers 19h30. Les serveurs avaient déjà dressé les tables pour le service du soir et elles avaient bien senti que l'heure était venue pour elles de partir. Elles s'étaient alors quittées sur le perron du bar, après s'être chaleureusement enlacées.
Martha comprit au bout de quelques minutes de discussion avec Annette, pourquoi elles étaient tant amies. Cette fille était un peu farfelue mais vraiment adorable. Elle avait vécu à la campagne dans un petit village du côté de Lyon. Elle avait été élevée par son oncle et sa tante suite au décès de sa mère quand elle avait 5 ans. Elle n'a jamais connu son père. Elle a eu une enfance heureuse, parmi les animaux de la ferme et entourée de deux cousins plus jeunes. Mais à 17 ans, la crise d'adolescence faisant son effet, Annette voulut connaître son père. Son oncle et sa tante refusant de lui révéler son identité, une dispute éclata. Annette fugua et se retrouva un peu par hasard à Reims, où elle

comptait bien mener ses propres recherches pour connaître son géniteur. Une mauvaise rencontre, puis deux et le manque d'argent, l'ont vite menée sur le trottoir. Elle a fini par s'y faire. Cela faisait maintenant dix ans qu'elle se prostituait. Elle avait pu mettre un peu d'argent de côté et rêvait dans quelques temps de reprendre des études, dans l'immobilier, et de retourner vivre du côté de Lyon. Malheureusement ses recherches pour retrouver son père s'étaient révélées infructueuses et ses espoirs de le connaître un jour amenuisés.

Martha ressentait beaucoup de compassion pour cette jeune femme si attendrissante. Mais le plus important c'était ce qu'Annette lui avait révélé sur sa propre vie, sa rencontre avec Théodore, sa relation avec Henry. Martha en était encore abasourdie.

*

Abasourdie. Son état était identique, même après être rentrée chez elle. Martha ne souhaita même pas manger et laissa un mot sur la table de la cuisine à l'attention de Clarence qui était dans la buanderie pour s'occuper du linge. Martha monta directement dans sa chambre et se fit couler un bain très chaud. Quitter ses vêtements et plonger son corps froid dans cette eau brûlante lui fit le plus grand bien. Sans penser, sans ouvrir les yeux, d'une respiration lente elle resta de longues minutes, inerte.

Elle avait pris de nombreuses notes sur un petit carnet en écoutant Annette cette après-midi. Bientôt, elle sortit de son bain, se sécha rapidement, enfila une tenue décontractée et se glissa dans son lit, le carnet à la main.

Bon, reprenons le cours des événements se dit-elle. Cette après-midi avec Annette avait permis de lever de nombreuses zones d'ombre mais des questions subsistaient.

Tout d'abord, Martha avait bien vécu son enfance près de Sainte Eulalie, avec son père, sa mère et son petit frère. Celui-ci était bien épileptique. Sa première crise eut lieu en été au bord de la piscine familiale, et la première personne à lui avoir porté secours était une jeune fille, une nièce de la voisine Mme Chardonnier, qui était venue se présenter pour faire du baby-sitting. Martha avait eu la confirmation que ce jour-là, en retournant dans le passé, elle avait belle et bien sauvé la vie de son petit frère. Depuis Louis était sous traitement anti-épileptique et aucun autre épisode de ce genre ne s'était produit. Martha avait poursuivi une scolarité secondaire classique, passé un bac économique et social et vers l'âge de 18 ans elle se mit en couple avec un camarade de longue date,

Henry Costuna. Henry et Louis étaient devenus très amis. L'un considérant l'autre comme son petit frère et inversement. Ils sortaient souvent ensemble et partageaient certaines passions comme la voile, le football et les jeux-vidéo. Martha avait entamé des études d'architecture pendant qu'Henry se destinait à des études d'art. Ils filaient le parfait amour. Un jour au cours d'un stage en Champagne-Ardenne, Martha croisa un ancien camarade d'école, Théodore Decharlant. Celui-ci avait fait appel au cabinet d'architecte dans lequel Martha faisait son stage pour imaginer un projet de cave de champagne moderne, stylisée et efficace. Elle eut du mal à le remettre, mais lui, il l'avait tout de suite reconnue. Ils prirent un verre dans un bar un soir et tout s'était arrêté là. Théodore souhaitait revoir Martha, mais celle-ci, en couple et heureuse avec Henry avait décliné l'invitation. L'année suivante, Henry perdait la vie, au côté de Louis, dans ce terrible accident de voiture. Louis conduisait. Les causes restèrent mystérieuses, les médecins légistes n'ayant pas pu déterminer s'il avait fait une crise d'épilepsie au volant. Louis n'avait pas un fort taux d'alcool dans le sang, contrairement à ses trois passagers. Les parents de Martha ne parvinrent pas à surmonter ce drame et décidèrent de divorcer quelques mois plus tard. Son père répartit aux Etats-Unis et

Jeanne, sa mère, sombra dans une terrible dépression. Elle séjourna de longs mois en hôpital psychiatrique, laissant Martha livrée à elle même. Celle-ci, ayant perdu non seulement son grand amour, mais également son frère, décida de partir vers une des seules villes qu'elle connaissait : Reims. L'isolement et le manque d'argent la poussèrent à vendre son corps, une fois, deux fois, puis elle rencontra Annette. Elles devinrent vite amies et s'épaulèrent. Quelques mois plus tard, dans un bar, Théodore apparut. Ils renouèrent, et le mariage fut la suite logique. Et voilà où elle en était. Mariée à cet homme complètement fou, qui la traitait comme une simple chose, un faire-valoir, et qui ne se gênait pas pour lui remettre en pleine figure son passé peu reluisant.
Et oui, de grandes zones d'ombre étaient enfin éclairées. Mais voilà, de grosses questions persistaient : quelle était vraiment la cause de l'accident de voiture, pourquoi Théodore était-il sur les lieux, et pourquoi Annette n'a-t-elle pas mentionné ce détail, sûrement parce que Martha ne lui en avait pas touché un mot. Pourquoi avait-elle surligné un passage aussi énigmatique de ce roman d'Agatha Christie ? Et pourquoi restait-elle mariée à ce tyran ? Et enfin, quel moment de sa vie choisir pour y retourner grâce à cette inestimable

petite fiole bleue ? Avant l'accident de voiture ? Oui, mais comment faire ?
C'en était trop pour Martha. Dans des moments de tel désarroi, son pilier c'était Henry.
Les larmes emplirent ses yeux. Elle se sentait dans l'impasse.

*

Une bonne nuit de sommeil l'avait aidée à se réveiller avec les idées bien plus claires ce matin là. Le désespoir de la veille avait laissé place à un regain de motivation dans sa quête de la vérité. Il ne lui restait que quelques jours avant que Théodore ne refasse son apparition. Il n'y avait pas de temps à perdre. Martha descendit à la cuisine, pensant qu'un bon petit déjeuner lui permettrait d'être plus efficace.
—Bonjour Madame, lui lança Clarence.
—Bonjour Clarence.
—Souhaitez vous des crêpes au sucre ce matin Madame ? J'ai fait de la pâte, elle a bien reposé, elles vont être délicieuses.
—Oui, avec grand plaisir. J'ai très faim.
Goulûment, Martha mangea les crêpes de Clarence, en effet succulentes. La domestique, très affairée, ne prêta pas attention au départ de la pièce de la jeune femme après le repas.

Martha s'habilla sans trop s'attarder sur le style. L'objectif était d'être à l'aise. A l'aise pour fouiller. Voilà quel était l'objectif du jour, trouver des informations cruciales, ici même, dans cette maison. Et plus précisément, dans cette chambre. Après tout, elle se connaissait bien elle-même. Si elle avait quelque chose à cacher, elle le mettrait au plus près, soit, dans sa propre chambre. Alors c'était ici que les recherches allaient débuter.

Après un regard circulaire, une analyse minutieuse des différentes parties de la pièce, tout de même composée d'un coin lit, d'un coin petit salon, d'un dressing et d'une salle de bain, Martha s'attela à explorer chaque recoin. Les deux tables de chevet attirèrent tout de suite son attention. C'est dans l'une d'elle que se trouvait le livre d'Agatha Christie qui lui avait donné un premier indice, certes très mystérieux, mais un premier indice tout de même. Peut-être en cachait-elle d'autres. Sans résultats, elle se dirigea alors vers les différents placards de la salle de bain. Des crèmes de marques de luxe, des parfums rares, des produits de beauté auxquels jamais elle n'aurait imaginé avoir accès, en conclusion des choses très intéressantes, mais rien qui ne pouvait la mettre sur la voie. Il restait à explorer le dressing. Cela n'allait pas être une mince affaire. La pièce, d'une superficie d'environ trente mètres carré avait des

murs entièrement garnis de penderies et étagères, elles-mêmes garnies d'une multitude de vêtements, accessoires, chaussures, bijoux. Mais Martha était loin de se décourager. La détermination était son maître mot en ce jour. Elle ouvrit chaque tiroir et les fouilla minutieusement les uns après les autres. Elle souleva chaque bijou, glissa sa main dans chaque chaussure, renversa chaque chapeau. Mais rien, pas la moindre piste, pas le moindre indice. Elle eut tout de même la consolation de trouver quelques pièces de vêtements très à son goût : un chemisier vieux rose, une paire de bottines style Santiags et même un joli manteau très long, à col Mao de couleur vert turquoise.
Il était déjà presque 13h30. Martha avait besoin de prendre l'air. Une promenade à pied dans le parc adjacent à la maison lui ferait le plus grand bien. Et d'ailleurs, pourquoi ne pas enfiler ces jolis vêtements sur lesquels elle avait flashé ?

*

En ce jour de novembre, le temps n'était pas des plus cléments. Mais un petit rayon de soleil filant entre les branches des arbres lui redonnait du baume au cœur. L'air était frais mais emprunt du délicat parfum de l'hiver qui s'installe à pas de velours. Le bout du nez tout froid, Martha cachait sa tête dans ses épaules. En ce début d'après-midi, quelques mamans avec leurs enfants prenaient l'air. Les petits cris, les jolis minois pleins de vie rendirent Martha mélancolique tout à coup. Elle avait toujours eu pour projet d'avoir des enfants. Mais le destin en avait décidé autrement. En atterrissant il y a quelques jours dans sa nouvelle vie, l'espace de quelques minutes, elle cru qu'en plus d'être mariée, elle aurait bien des enfants. Mais non. Cette nouvelle vie était en réalité tout aussi tragique que la première, si ce n'est plus.

Martha secoua la tête pour se ressaisir et s'éloigna de ces petits cris pleins de vie. Elle marcha de longues minutes, toujours absorbée par ses pensées. Ses pas la menèrent tout doucement vers le centre-ville, où elle reconnut le bar dans lequel elle avait passé un long moment avec Annette. L'ambiance de la rue était assez dynamique. Des femmes aux bras chargées d'achats, des hommes flânants, Martha observait se dérouler la vie de cette jolie ville. Elle en profita pour admirer les façades des immeubles somptueusement sculptées. Les ruelles pavées étaient vraiment charmantes. Elle s'arrêta à un stand extérieur pour s'acheter une gaufre au chocolat, fumante et délicieusement réconfortante.

Un homme assis au sol près de là l'interpella gentiment. Son allure laissait penser qu'il avait l'habitude de vivre dehors. Martha eut de la compassion pour cet homme, repensant à ses propres déboires avec la drogue, l'alcool, et même avec la prostitution dans cette nouvelle vie. Chacun d'entre nous peut un jour connaître un accident de la vie et se retrouver sans rien. Elle chercha de la monnaie dans son sac. Plus rien. À tout hasard elle fouilla ses poches de manteau et y dégota 4,50€ dans l'une et un morceau de feuille pliée dans l'autre. Elle tendit la somme d'argent à l'homme qui lui offrit un sourire plein de gratitude et joignit ses mains sur son cœur en signe de remerciement. Martha lui sourit en retour. Mais son esprit était déjà ailleurs, absorbé par ce morceau de papier qui attirait toute son attention. Elle fit quelques pas en le dépliant.

C'était un ticket de caisse. Il datait d'environ quinze jours. Sur celui-ci, un seul article : une bouteille de désherbant. Incrédule, Martha se demanda bien pourquoi elle avait acheté du désherbant. Elle avait à son service une domestique, mais aussi un jardinier. S'il y avait du désherbage à faire, c'était sans doute lui qui s'en serait occupé. Elle retourna le morceau de papier. Au dos du ticket elle reconnu tout de suite sa propre écriture.

9.

« Une maison sans enfant est comme un cimetière. » Proverbe indien.

Il y était très distinctement inscrit :

1 cuillère à café chaque jour dans un bol de soupe aux poireaux pour masquer le goût de l'ail..

*

Martha eut un vertige. Elle en fit tomber sa gaufre au chocolat. Mais celle-ci était le cadet de ses soucis. Un millier de questions tournoyaient dans sa tête. Comment ? Pourquoi ? Une cuillère à café de quoi ? De désherbant ? Ça n'a pas de sens. Avait-elle l'intention d'empoisonner quelqu'un ?

Mais qui ? Théodore ? Certainement ! Elle ne le connaissait que depuis 3 jours, mais elle le détestait déjà, alors après plusieurs années de vie commune … ! Mais Martha ne put y croire. Elle n'était pas une meurtrière ! Elle se souvenait, plus jeune, avoir détesté des camarades de fac, où même haïe la fille qui lui avait volé son petit ami en terminale. Mais jamais elle n'avait eu des envies de meurtre. Comment cela était-il possible ? Ou avait-elle rangé ce désherbant ? En avait-elle déjà incorporé à la soupe du soir de son mari ?
Elle qui pensait être dans l'impasse, c'était encore pire que ce qu'elle croyait.
Il n'y avait pas une minute à perdre. Finies les flâneries. Il était temps de rentrer et de continuer les fouilles dans la maison. Elle trouverait forcément un indice, quelque chose qui expliquerait tout. Théodore rentrerait bientôt. Son temps était compté.

*

Sur le chemin du retour, d'un pas décidé, Martha s'interrogea. Où aurais-je bien pu cacher des informations, des indices, afin qu'ils ne soient visibles de personne ? Pas dans la maison, Clarence y fait le ménage de fond en comble, aucun endroit ne serait suffisamment secret. Soudain, une intuition. La voiture, la Jaguar, qui ne lui appartenait qu'à elle, celle dans laquelle personne ne monte à part elle. Plus décidée que jamais, Martha rentra chez elle en quatrième vitesse. Les clefs de la voiture étaient restées dans son sac à main, pas besoin de faire un crochet par l'intérieur de la maison, elle allait pouvoir investiguer en toute discrétion.

Arrivée devant le garage, elle pressa le bouton du boîtier accroché à la clef de la voiture. La grande porte grise se souleva, lentement. Martha se précipita à l'intérieur et referma la porte en appuyant aussitôt de nouveau sur le bouton du boîtier. Elle ouvrit la splendide voiture noire et se glissa à l'intérieur.

Bon, il n'y a pas des milliers d'endroits se dit-elle ! Elle jeta un œil dans le pare-soleil. Seulement la carte grise du véhicule s'y trouvait. Elle regarda dans la boîte à gants centrale, rien non plus, hormis de la petite monnaie, un ou deux tickets de caisse sans importance et un paquet de chewing-gum. Elle ouvrit ensuite la boîte à gants, située en face de la place passager. Un vrai bazar y régnait. Tiens, se dit-elle, dans cette vie là où dans l'autre, je reste moi-même on dirait, toujours un petit peu bordélique sur les bords.

Martha inspecta avec curiosité tous les éléments s'y trouvant : un constat d'accident vierge, un gilet jaune, un petit paquet de mouchoirs, un test de grossesse utilisé, une petite bouteille d'eau … quoi ? Un test de grossesse utilisé ? Elle le retourna dans tous les sens. Incroyable, deux barres y figuraient. Il était positif. Elle fut prise de stupeur. Martha le lâcha soudain et prit sa tête dans ses mains. Elle n'y croyait pas. Son cœur battait à tout rompre. Allez, ressaisis-toi, se dit-elle, il n'est peut-être pas à toi, mais à une amie. Si tu étais enceinte, tu l'aurais bien senti ! Frénétiquement, elle poursuivit sa quête de la vérité. Un foulard. Un chargeur de téléphone portable. Une enveloppe, blanche, format A3, quelconque. Elle l'ouvrit. Une feuille. Elle la dépliât avec frénésie. Un compte-rendu médical. Plus précisément un compte-rendu de prise de sang. Incompréhensible pour une novice. Martha tourna la page, il était inscrit : Conclusion, la patiente est enceinte de sept à huit semaines. Ses mains tremblaient. Des larmes lui montèrent aux yeux. Elle avait besoin de parler à voix haute pour mesurer toute la réalité de la situation.

—Mon Dieu, je suis enceinte. Je suis enceinte. Je suis enceinte.

Le répéter plusieurs fois l'aidait apparement à rendre la situation plus vraisemblable. Au fond de l'enveloppe, un dernier bout de papier. En noir et blanc. Une échographie. Elle datait de trois semaines auparavant. On y distinguait un petit amas noir, certainement le bébé. C'était trop beau pour être vrai. Elle qui avait toujours rêvé d'être maman. Le bonheur de l'instant prenait le pas sur tout le reste. Elle se fichait d'être mariée à un abruti violent, maintenant elle allait avoir ce qu'il y a de plus précieux dans une vie, un enfant. Elle qui n'avait plus de famille, elle allait enfin pouvoir construire la sienne. Rien ne pouvait venir faire éclater cette petite bulle de pur bonheur. L'espace d'un instant, l'idée de refaire un bon dans le passé, d'utiliser sa petite fiole bleue pour tout changer lui était complément sortie de l'esprit. Sauver son frère, sauver Henry, plus rien n'avait d'importance à part ce futur bébé. Et puis qui sait, à l'annonce de sa grossesse, Théodore changerait peut-être. Être parent, ça change les gens, se dit-elle.

Bien décidée à garder cela pour elle pour le moment, elle remit tous ces trésors dans la boîte à gants de sa voiture. Elle en descendit, la referma avec soin et franchit la porte qui séparait le garage de la buanderie. Étonnamment, elle n'y croisa pas Clarence. En même temps, elle n'y passait pas toutes ses journées se dit-elle. Celle-ci devait être partie faire des courses car la maison semblait très silencieuse. Il était environ quatre heures de l'après-midi. Martha avait faim, très faim. A part les crêpes du matin, elle n'avait rien avalé de la

journée. Sa gaufre au chocolat avait fini sur les pavés et sûrement dévorée par les pigeons qui seraient passés par là. Et puis, une femme enceinte se doit de se nourrir correctement se dit-elle.
Revigorée par la nouvelle de porter la vie, elle se prépara un plateau gargantuesque : un verre de thé glacé, une tranche de pain de campagne tartinée à la confiture de mûres, une poire, quatre carrés de chocolat, quelques crêpes restantes du matin et un chocolat chaud garni de minuscules guimauves. Le tout sur un plateau, elle monta les marches qui menaient à sa chambre. Elle était bien décidée à être seule et à ne pas se faire déranger pendant la dégustation de ce petit en-cas.
Elle s'assoupit enfin, dans son immense lit douillet, repue de nourriture et de bonheur.

*

Elle se réveilla vers 23h, encore toute habillée dans son lit. Cette sieste avait été monumentale. Mais avec toutes ces émotions, rien de bien étonnant qu'elle ait eu besoin de récupérer.
Martha eut un petit creux et se décida à descendre à la cuisine.
La maison était calme, paisible. Les domestiques semblaient être repartis. Seul le gardien devait

encore occuper sa guérite à l'entrée de la maison. Le calme ne serait plus là pour très longtemps se disait-elle, Théodore serait de retour demain dans la soirée, et s'il était encore de mauvaise humeur, elle avait intérêt à se faire la plus petite possible. Plus question de se faire tabasser comme il a pu le faire. Jamais elle ne le laisserait mettre le bébé en danger.
Dans le réfrigérateur, elle tomba sur un restant de lasagnes aux légumes que Clarence avait dû préparer. Après avoir réchauffé une part au four micro-onde, elle se servit un grand verre d'eau dans lequel elle pressa un demi citron vert.
Elle s'installa ensuite dans le grand salon, devant la télévision. Cette pièce était vraiment très agréable. Elle se demandait si c'était elle qui s'était occupée de la décoration, car tout ici était très à son goût. Le sol en parquet massif donnait un côté très chaleureux à cet endroit. De grandes fenêtres, drapées de rideaux très épais apportaient un aspect douillet. De part et d'autre de la pièce, des meubles de designers, décorés de vases et sculptures tous plus extravagants les uns que les autres. Au fond de la pièce, trônait le majestueux tableau représentant Martha et Théodore le jour de leur mariage. Son regard s'y arrêta quelques instants. Elle tenta de décrypter les sentiments qui transparaissaient dans son visage peint. Elle semblait heureuse, épanouie.

Comment aurait-elle pu savoir en se mariant que cet homme si beau, si élégant allait devenir si tyrannique ? Elle repoussa cette pensée. Pas question de perdre mon temps et ma bonne humeur en pensant à ce type. Elle se tourna.
Au centre de la pièce trônaient trois canapés de velours rouge, très moelleux. Deux d'entre eux se faisaient face et un troisième, perpendiculaire, était positionné de sorte à profiter un maximum de la majestueuse cheminée de pierre. Clarence ou un autre domestique y avait allumé un feu, qui crépitait agréablement et laissait s'échapper une douce chaleur. L'odeur de bois brûlé, subtile, qui l'accompagnait n'était pas pour déplaire à Martha. Au dessus de la cheminée, trônait une immense télévision. L'endroit serait parfait pour regarder un film et grignoter le petit en-cas qu'elle s'était préparé.
A l'aide de la télécommande elle comprit vite comment avoir accès à des films à la demande. Son choix se porta sur Pretty Woman. Un classique, un peu cucul la praline se dit-elle, mais tellement réconfortant. Elle avait besoin de ça. Elle se reconnut un peu dans cette histoire. Cette prostituée désœuvrée qui rencontre le prince charmant contre toute attente. Martha aussi avait dû en passer par là. Mais malheureusement, son prince charmant à elle s'avérait moins débonnaire.

Après avoir dégusté les lasagnes et félicité Clarence en son for intérieur pour ses talents de cuisinière, Martha s'assoupît. Avant même la fin du film, lentement, enveloppée par la douce odeur et l'agréable chaleur du bois qui brûlait, elle laissa le sommeil la gagner. Apaisée, repue, elle se sentait bien. C'était sûrement la première fois depuis son arrivée dans sa nouvelle vie. Morphée l'avait emportée.

10.

« Un enfant est le plus beau des cadeaux. Il est une porte vers l'avenir et un livre ouvert sur l'histoire des ancêtres. » Proverbe indien.

Martha fut réveillée en sursaut par un bruit venant de l'entrée. Mais ce n'était que Clarence qui arrivait pour prendre son service. Elle fut très surprise de voir Martha allongée dans le canapé. Elle lui proposa tout de suite de lui apporter son petit déjeuner au salon, mais Martha préféra rester en sa compagnie dans la cuisine. Les deux femmes bavardèrent un long moment. Clarence avait beaucoup à faire : préparer le petit déjeuner, dépoussiérer le bureau de Théodore avant son retour, faire quelques courses alimentaires, passer chez le teinturier récupérer un costume, préparer le repas du midi et celui du soir. Mais Martha était résolue à apprendre à la connaître. Elle n'était dans sa nouvelle vie que depuis quelques jours, mais elle en avait déjà tellement fait pour elle.

Clarence avait cinquante-deux ans. Elle mesurait environ un mètre cinquante-cinq et avait un léger embonpoint qui lui donnait l'air affable. Brune et assez mate de peau, elle arborait en toute occasion un sourire radieux, de ceux qui réchauffent, qui apaisent, qui vous font vous sentir en sécurité. Clarence fut un peu déstabilisée par les questions de Martha sur ses origines, sa vie avant d'être à son service. La domestique se souvenait portant bien avoir déjà tout raconté à Madame Decharlant. Mais la jeune femme était déboussolée, son horrible mari l'avait encore frappé sans vergogne ces derniers jours. Elle crut alors que Martha voulait se rapprocher encore un peu plus d'elle.

Martha dégusta son petit déjeuner, composé de tartines de confiture, d'un thé vert et d'une petite salade de fruits frais. Très affairée dans la cuisine, Clarence prit tout de même le temps de lui raconter son enfance dans le sud de la France à la frontière espagnole entourée d'un père basque, d'une mère catalane et de deux sœurs plus âgées. Clarence la petite dernière était choyée, pourrie gâtée même selon elle. Elle était la petite chouchoute de son papa. Il l'appelait Dulce. Elle aussi. Martha eut une larme, qu'elle réprima aussitôt. Ce n'était pas le moment de craquer, surtout devant Clarence. De toute façon elle n'aurait pas compris. Clarence tomba folle amoureuse à dix-sept ans et fugua avec son petit ami qui devint son mari quelques mois plus tard. Elle coupa les ponts avec sa famille qui désapprouvait cet amour. Sans le sou, sans diplôme, le jeune couple vivota tant bien que mal plusieurs années. Naquirent deux garçons. Le mari de Clarence décéda quelques années plus tard lorsqu'elle avait vingt-huit ans. Elle s'occupa seule de ses deux fils, trouva dans la domesticité un confort de vie et un salaire acceptable pour nourrir ses enfants. Maintenant plus grands et autonomes, ils étaient partis faire leur vie chacun dans une région différente de France. Elle avait des nouvelles régulièrement mais les visites étaient rares. Ils ont leur vie, répétait-elle, une pointe de mélancolie dans la voix. Alors ce poste chez les Decharlant qu'elle décrocha deux ans auparavant, dans cette magnifique demeure était un bonheur pour elle. Ravie de s'entendre à merveille avec la maîtresse de maison qui lui laissait toute latitude pour gérer la maison, Clarence était heureuse ici. Le seul bémol était Monsieur Decharlant bien évidement. Ses exigences et son mépris étaient difficiles à vivre pour elle. À son grand soulagement, il était très souvent parti en voyage d'affaire et elle pouvait souffler un peu. Tout en cuisinant, préparant la liste des courses et récurant les gamelles, Clarence prit plaisir à se remémorer certains bons moments de sa vie avec Martha. La jeune femme était heureuse d'avoir partagé ce délicieux moment avec sa domestique.

Mais Clarence dut couper court aux bavardages, elle avait du travail.

Martha monta dans sa chambre, prit une douche, s'y laissa aller à chanter quelques refrains Scissor Sisters. Rien de mieux pour se mettre en joie dès le matin. Elle sortit, se sécha et tenta de distinguer un petit ventre naissant dans le miroir. De profil, exagérant une cambrure, elle se ravisa constatant qu'il était bien trop tôt pour que son corps ait pu changer. Mais cela ne faisait rien, la grossesse débutait seulement, elle aurait tout le temps de s'admirer s'arrondir dans les prochains mois.

Elle se dirigea ensuite vers son fabuleux dressing et y dégota une tenue élégante et décontractée à la fois : un pantalon à pinces vert émeraude, un chemisier blanc cassé, une paire d'escarpins verts à petits talons et un long manteau beige ceinturé. Elle chercha quelques instants dans les bijoux afin d'y trouver une paire de boucles d'oreilles. Son choix se porta sur une paire de petites perles de

culture blanches qui seraient en parfait accord avec sa tenue du jour : simple, parfaite, efficace. Elle était ravie et s'admira un moment dans le miroir.
Elle retourna dans la salle de bain où elle se sécha les cheveux, qu'elle coiffa en un chignon bas dans la nuque, élégant, tout en adéquation avec sa tenue. Une petite touche de fond de teint pour masquer les dernières petites traces d'ecchymoses sur son visage, un petit coup de blush sur les joues et de mascara, finirent par lui donner une allure de parfaite épouse et maîtresse de maison. Martha trouvait qu'elle avait vraiment fière allure. Et elle trouvait que l'annonce de la grossesse lui avait redonné toute sa gaieté et toute sa beauté.
En retournant dans sa chambre, Martha trouva un petit mot sur son lit :

Madame Decharlant,

Je suis partie faire les quelques courses dont je vous ai parlé. J'ai passé un petit coup de ménage dans le bureau de votre mari. J'y ai retrouvé votre téléphone portable. Il y était en charge, sûrement depuis plusieurs jours. Je l'ai déposé dans le tiroir de votre table de nuit.
Je serai de retour vers 11h30 pour préparer votre repas.

Ça alors, un téléphone portable ? Pourquoi n'y ai-je pas pensé ? J'en avais forcément un, se dit Martha. Elle ouvrit précipitamment le tiroir de sa table de nuit. Le téléphone, dernier cri y était bien posé, sur le livre d'Agatha Christie, juste à côté de la fiole bleue. Pourvu que Clarence ne l'ai pas vu, se dit-elle. Elle se rassura en se disant que de toute façon, qu'aurait bien pu imaginer la domestique en la voyant ? Sûrement pas qu'elle provenait d'un chaman indien et qu'elle lui permettait de faire des sauts dans le temps. Martha saisit le téléphone et l'alluma. Évidement, il fallait saisir un code PIN, qu'elle ne connaissait pas. Elle s'assit sur le bord de son lit un instant et essaya tout d'abord 2512, la date de naissance de son petit frère Louis. Erreur. Martha réfléchit. Elle saisit 1310, sa date de naissance à elle. Erreur. Il ne lui restait qu'une chance avant de bloquer définitivement le téléphone. Et elle avait le sentiment qu'il serait d'une bien grande aide dans les prochaines heures, les prochains jours de sa vie. Elle prit sa tête dans ses mains et réfléchit plus fort. 1901, la date de naissance d'Henry. Allez, j'essaye celui-ci se dit-elle. BINGO. Le téléphone se débloqua, et apparut un fond d'écran plutôt commun, d'un paysage de montagne, magnifique et apaisant. Plusieurs icônes d'application y figuraient. Martha l'explora doucement et y découvrit des jeux, des stations de radio, des applications pour écouter de la musique, pour faire du shopping et le calendrier. Dans les appels manqués, un numéro, non enregistré, appelait visiblement plusieurs fois par jour. Qui cela pouvait-il être ? Un démarcheur téléphonique ? Un ami ? Qui pouvait bien insister autant ?

Soudain, le téléphone vibra et sonna, ce même numéro inconnu s'afficha. Prise de panique, Martha le regarda un instant, ne sachant quoi faire. A la quatrième sonnerie, elle appuya soudainement sur le petit téléphone vert, elle décrocha.

—Allo, … allo ? Martha ? Tu m'entends ?

Silence

—Martha, mon amour, je t'en prie, réponds-moi. Je m'inquiète.

11.

« Le dard du mépris perce même l'écaille de la tortue. » Proverbe indien.

Prise de panique, Martha raccrocha précipitamment. Qui cela pouvait-il bien être. Elle ne reconnaissait pas cette voix d'homme. Il semblait avoir à peu près son âge. Mais surtout il semblait bien la connaître, même très bien à en croire les mots sortis de sa bouche : mon amour. Comment cela était-il possible ? Elle était mariée à Théodore, et une chose était sûre, ce n'était pas lui à l'autre bout du fil. Qui était cet homme qui l'avait appelé ainsi ? Que lui voulait-il ?

Elle décida de fouiller un peu plus loin dans cet énigmatique téléphone. Dans les contacts qu'elle connaissait elle put y retrouver Théodore bien évidement, Annette, Clarence, le jardinier et le gardien. D'autres noms apparaissaient, d'hommes, de femmes, de médecins, mais aucun ne lui disait quelque chose. Les textos lui en apprendraient peut-être plus. Elle y trouva de vieux messages d'Annette, pas très intéressants mais assez drôles, dans lesquels elle lui donnait rendez-vous, pour des séances de bavardage, de shopping ou de détente au spa. Quelques textos de Théodore, très impersonnels et froid, en grande majorité pour savoir ce qu'elle faisait ou bien où elle se trouvait. Et puis, des messages, d'un numéro inconnu, le même numéro qui avait appelé quelques minutes auparavant. Des messages bien plus tendres et chaleureux, emplis d'amour et de douceur. Aucun n'était signé. Martha se dit alors que si elle n'avait pas enregistré ce numéro dans son téléphone c'est probablement qu'il s'agissait d'une relation secrète. Après tout, un homme qui appelle une femme mariée mon amour est certainement son amant. Mais qui cela pouvait-il bien être ? Depuis combien de temps le connaissait-elle ? Était-ce lui le père du bébé qu'elle portait ?

Elle avait de plus en plus de mal à faire le tri dans sa tête. Toutes ces questions, qui s'accumulaient depuis des jours, sans réponse.

Elle fut tirée de ses pensées par un bruit venant du rez-de-chaussée. Clarence était rentrée.

La matinée avait filé et la domestique était déjà revenue les bras chargés de courses pour préparer le repas. Martha se décida à descendre.

*

Le repas fut délicieux. Clarence avait préparé des petits toasts de tomates séchées au soleil en entrée accompagnés d'un mesclun, puis une poêlée de légumes méridionale avec un filet de poisson blanc à la sauce au beurre. En dessert Martha s'était régalée d'îles flottantes. Clarence était un vrai cordon bleu. Un thé à la menthe dégusté devant la cheminée, confortablement installée, Martha finit par s'assoupir un peu. Elle fut réveillée environ trente minutes plus tard par des pépiements d'oiseaux dans le jardin. Elle n'y avait encore presque jamais mis les pieds. Se redressant calmement sur le canapé, elle s'étira et se leva, direction l'entrée où elle enfila son manteau et ses chaussures, prête à sortir. Elle n'avait rien de prévu aujourd'hui et était bien décidée à se vider un peu la tête.

Dehors, il faisait frais, mais les rayons de soleil et le chant des oiseaux rendaient l'atmosphère apaisante et agréable. Martha se décida à passer par le côté gauche de la maison, parcourut l'allée qui longeait la grande bâtisse et se retrouva à l'arrière. Le domaine était assez grand pour une maison de ville. Le jardin était arboré et soigneusement aménagé. Des haies parfaitement taillées abritaient cet éden des regards indiscrets. L'automne était déjà bien entamé et les feuilles des arbres finissaient de tomber. D'une multitude de couleurs chatoyantes, celles-ci recouvraient le gazon telle une douce couverture d'hiver. Martha reconnue des hêtres, des bouleaux et même des arbres fruitiers. De nombreux petits arbustes lui laissèrent penser que la récolte de baies en été devait être prolifique. Elle resta ainsi, parcourant les petites allées, marchant lentement, observant longuement. Elle aimait cet endroit. Elle s'y sentait bien. Il y régnait une douceur suave, une atmosphère paisible et réconfortante. Les bruits de la ville ne parvenaient pas jusqu'à ce jardin des délices. Les seules sonorités étaient les chants d'oiseaux et les bruissements du vent dans les arbres. Un banc en bois blanc au fond du jardin appelait Martha. Elle s'y installa. Elle continua de contempler les lieux, parvenant à peine à s'imaginer que cela lui appartenait, que c'était sa maison, son endroit. Elle ferma les yeux, posa les mains sur son ventre et se prit à rêver. Elle imagina son futur enfant, en culotte courte, gambadant ici, à la faveur d'un après-midi d'été. Elle se voyait, elle, souriante, suivant son bambin du regard, le regard bienveillant d'une mère. Elle esquissa un sourire. Pas un seul moment Théodore ne fit irruption dans sa rêverie. Il en était exclu. Que pouvait-il espérer d'autre ?

Martha fut tirée de ses pensées par une petite goutte de pluie qui tomba juste sur le bout de son nez. Une deuxième, puis d'autres la forcèrent à regagner la maison. Il était déjà 15h. Elle enleva son manteau et ses chaussures. Soudain, elle entendit une sonnerie à l'étage. Elle s'arrêta un moment, écouta, et reconnut la sonnerie de son propre téléphone. Elle se précipita alors dans les escaliers, montant les marches quatre à quatre et manquant de tomber arrivant en haut. Elle tourna furtivement à gauche et se dirigea vers sa chambre quelques mètres plus loin. Son téléphone était posé sur son lit, là où elle l'avait laissé. L'écran était allumé et indiquait Dr Favrot. Martha décrocha précipitamment.

—Allo ?

—Bonjour Madame Decharlant, ici le secrétariat du cabinet du Dr Favrot. Nous vous attendons pour votre rendez-vous de 15h. Avez-vous eu un empêchement ?

—Heu, je … heu. Non.

—Très bien, vous pouvez être ici dans combien de temps ?

—Et bien, pouvez-vous me redonner l'adresse du cabinet s'il vous plaît ?

—Bien sûr, nous sommes au 12 boulevard de la paix.
—Très bien, je vous remercie, j'arrive tout de suite.
—Merci Madame Decharlant.
Martha raccrocha, l'air dubitatif. Bon, j'ai un rendez-vous médical, mais je ne sais pas avec qui, se dit-elle.
De toute manière, cela ne lui ferait pas de mal, d'autant plus qu'elle avait reçu des coups ces derniers jours et qu'en plus elle attendait un bébé. Un petit bilan de santé était le bienvenu.

Elle redescendit les marches et se hâta d'enfiler son manteau, ses chaussures et n'oublia pas son précieux téléphone portable. Elle emporta son sac à main et se dirigea vers la porte du garage. Elle se glissa dans sa superbe voiture, le regard tout de suite attiré par la boîte à gant. Celle-ci lui avait livré bien des secrets, qu'elle contenait toujours. Mais ce n'était pas le moment de faire des sentiments. Elle était en retard pour son rendez-vous médical, alors il fallait faire vite. Elle sortit de la propriété et demanda à la commande vocale de la guider par GPS jusqu'à 12 boulevard de la Paix. Dans un grondement de moteur, elle entama sa route.

*

Arrivée à l'adresse indiquée, Martha trouva sans peine une place de stationnement. Elle sorti aussi vite que possible et se dirigea vers l'entrée du bâtiment sur le devant duquel, une plaque dorée était accrochée. On y lisait très distinctement Dr Favrot Grégoire, Gynécologue-Obstétricien.

Chouette se dit Martha, mon premier rendez-vous de grossesse. Elle allait peut-être entendre le cœur du bébé, ou même mieux le voir à travers l'échographe. Sans attendre, elle poussa la porte.

—Bonjour Madame, je suis Martha Decharlant, j'avais rendez-vous à 15h avec le Dr Favrot. Je suis navrée pour le retard.

La secrétaire lui répondit avec un grand sourire.

—Nous nous sommes vues il y a quelques temps Madame Decharlant, je vous avais reconnue. Ne vous en faites pas pour le retard, allez vous installer en salle d'attente, le docteur Favrot va venir vous chercher.

Martha la remercia par un sourire et un signe de tête.

Le cabinet était très moderne, probablement refait à neuf il y a peu de temps. Des banquettes jaunes et confortables accueillaient les patientes dans la salle d'attente. Des tableaux d'art contemporain décoraient les murs couleur bleu canard. Une petite table dans le coin mettait à disposition une bouilloire et des sachets de thé, du sucre et même des petits biscuits. Martha prit quelques minutes pour souffler.

—Madame Decharlant, je vous laisse me suivre.

*

Le gynécologue, Monsieur Favrot était un homme grand, à la chevelure dégarnie, portant de petites lunettes rondes très élégantes. Il arborait fièrement une blouse blanche aux manche retroussée de façon très moderne et ouverte sur une chemise vert olive.

Martha le suivit, le sourire aux lèvres. Son cabinet était à son image. Spacieux, très lumineux, les murs étaient décorés d'œuvres d'art contemporain sur lesquelles on pouvait distinguer des rappels à sa profession : des corps de femme, des visages de nouveau nés, le tout dans des tons pastel, très apaisants. Deux majestueux fauteuils accueillaient les patients, devant un bureau en bois sombre, très épuré, sur lequel étaient seulement posés une lampe dorée, quelques feuilles et stylos et un presse-papiers en forme de chou. D'un geste de la main, le docteur Favrot invita Martha à s'asseoir.

—Alors, comment allez-vous depuis notre dernier rendez-vous Mme Decharlant ? Lui demanda-t-il sur un ton grave, les deux coudes posés sur le bureau.

—Parfaitement bien. Je dors bien, j'ai bon appétit.

—Très bien, cela me rassure.

—Avez-vous encore des maux de ventre ?

—Non, pas du tout.

—Fort bien. Je vous laisse passer de l'autre côté. Enlevez le bas et installez vous, je vais vous ausculter.

Il semblait tout à la fois accueillant et morose. Martha n'y prêta guère attention. Rien ne pouvait perturber son bonheur. Elle avait trop hâte de savoir comment allait son bébé. Elle se dirigea derrière une cloison, dos au bureau du médecin. Elle se déshabilla et prit place sur la table d'examen et mit les pieds dans les étriers. Le médecin la suivit quelques instants plus tard. Il enfila tout d'abord des gants, ajusta ses lunettes et se plaça de sorte à ausculter la jeune femme. Il tâta tout d'abord son utérus, puis procéda à une très brève échographie. Si brève qu'elle n'eût le temps de rien entendre ni de rien distinguer. Martha était de moins en moins à l'aise. Il ne parlait pas, avait l'air très concentré, trop pour admettre être dérangé par des questions. Elle le laissa donc faire son travail. Il finit par enlever ses gants en lui disant :

—Très bien, vous pouvez vous rhabiller. Votre utérus a bien repris sa taille, tout va bien.

—Comment ça repris sa taille ? Répondit Martha, incrédule. Elle n'y connaissait pas grand-chose en grossesse, mais il lui semblait bien que l'utérus c'était là que le bébé se développait et qu'il était bien censé grossir et non reprendre sa taille.

—Votre fausse couche date de dix-sept jours. Vous n'étiez qu'au début de la grossesse, donc votre utérus a retrouvé sa taille normale sans grande difficulté.

Stoïque, sans aucune expression, tétanisée par la nouvelle, Martha, qui s'était redressée, laissa s'échapper deux grosses larmes qui coulèrent le long de ses joues. Le médecin ne s'en aperçut pas et retourna à son bureau pour laisser la jeune femme se rhabiller. Martha, sous le choc, se rhabilla, machinalement, tel un zombie, sans bien comprendre ce qui lui arrivait. Elle retourna face au bureau du médecin, les yeux rougis, la tête baissée.

—Je sais que cela est très dur à vivre Madame Decharlant. Avez-vous pris contact avec le psychologue que je vous avais recommandé ?

Martha, toujours tête baissée, fit signe que non.

—Le point positif, c'est que vous pouvez reprendre les rapports avec Monsieur Decharlant. Une autre grossesse dans les semaines ou mois à venir n'est pas exclue. Je vous conseille d'ailleurs de ne pas trop attendre. Il faut battre le fer tant qu'il est chaud.

C'en était trop. L'annonce d'une fausse couche et maintenant lui suggérer d'avoir des rapports avec ce maudit Théodore. Martha préféra faire un petit signe de la tête, enfila son manteau et pris congé sans un mot. Sans prendre la peine de dire au revoir à la sympathique secrétaire, elle se précipita à l'extérieur, pour prendre une bouffée d'air frais, pour sortir le plus vite possible de cet endroit de malheur, pour fuir la réalité.

Une fois dans sa voiture, elle laissa aller son chagrin.

La tête dans les mains, elle pleura à sanglot, un long moment. Décidément rien ne va dans cette putain de vie, cria-t-elle à haute voix. Elle ouvrit la boîte à gant. Fébrile, elle saisit l'enveloppe blanche. L'enveloppe de tous les espoirs. Des espoirs perdus à présent. Il y a environ dix semaines elle était bel et bien tombée enceinte. Quelques semaines plus tard la prise de sang le confirmait. Et quelques jours après, elle perdait le bébé. Est-ce que quelqu'un d'autre était au courant ? Son mari, Annette, Clarence ? Ou même cet inconnu du téléphone ? À qui pouvait-elle confier son chagrin ? L'envie de quitter cette vie, de boire d'une traite tout le contenu de la fiole bleue était trop forte. Mais le besoin de savoir ce qui s'était passé le jour de la mort de son frère et d'Henry la surpassait. Ne sachant que faire, où aller, Martha roula. Elle roula plus d'une heure, dans les rues de la ville, sans but, en essayant de ne penser à rien. Elle n'avait plus envie de rien. Envie de ne voir personne, d'aller nulle part.

Soudain, au détour d'une rue, son téléphone sonna. Elle se gara précipitamment sur le bord d'un trottoir. Théodore, c'est lui qui l'appelait. Que voulait-il ? Sans trop se poser de question Martha décrocha.

—Allo.

—Martha ? Putain tu es où encore ? Il faut que je géo localise ta bagnole ou quoi ?

—Je suis, heu…

—C'est bon, ferme-la et ramène ton cul à la maison. Je suis rentré de mon voyage d'affaire et t'es même pas foutue d'être à la baraque pour m'accueillir. T'as intérêt à faire vite.

Martha ne put réprimer un sanglot que Théodore entendit.

—Putain, qu'est-ce que t'as encore ? Tu chiales ?

—Non, non, enfin …

—Si tu pleures encore à cause de cette putain de fausse couche ! Dit-il avec rage. Je n'en voulais pas de ce gosse, je te l'ai déjà dit. Je ne te partage pas, avec qui que ce soit, même pas un mioche. Tu aurais été une mère sacrement merdique de toute façon !

—Comment peux-tu dire des choses pareilles ? rétorqua Martha complètement interloquée et réprimant un sanglot.

—Ça ne t'a pas suffi de saigner comme une truie quand je t'ai éclaté le bide à coup de pied ? Tu veux que je recommence ce soir ? Non ? Alors arrête de chialer et ramène-toi.

Il raccrocha.

12.

« L'amour est comme une plante grimpante qui se dessèche et meurt si elle n'a rien à enlacer. » Proverbe indien.

Comment ça saigner comme d'une truie ? Comment ça des coups de pieds dans le ventre ? C'était donc à cause de lui cette fausse couche ? Il l'avait frappé ! Il lui avait fait perdre son bébé ! Tout ça parce qu'il n'en voulait pas ? Martha ne pouvait pas rentrer chez elle. Comment affronter ce monstre ? Comment rester en sa présence ? La tristesse fit place au dégoût, à la colère, à la rage même. Elle avait envie de tuer cette ordure, de le torturer, de lui faire payer ses coups. Elle donna des coups de poing sur le volant et hurla de colère, de désespoir. Elle souffla enfin. Le téléphone toujours dans la main, ses yeux se portèrent sur le numéro inconnu qui l'avait appelée plus tôt dans l'après-midi. Elle appuya dessus. Le numéro se composa. Une sonnerie, puis deux, quand soudain :

—Allo ? Martha c'est toi ?

—Oui, c'est moi.

—Oh mon dieu, comme je me suis inquiété, répondit une voix douce. Tu vas bien ?

—Non pas vraiment.

L'homme sentit la tristesse et les sanglots dans la voix de la jeune femme.

—Ecoute, retrouve-moi dans trente minutes au Clasikcafé, on y boira un verre et ensuite je t'emmène manger quelque part. D'accord ?

—Oui d'accord.

—A tout de suite mon amour.

Martha raccrocha.

Son GPS intégré la guida très facilement à travers les rues de la ville. Elle arriva vite à destination et trouva une place de stationnement tout aussi aisément. L'endroit était un bar à vin, d'aspect chic, à l'intérieur sombre et intimiste. En tentant d'esquiver les quelques gouttes de pluie qui tombaient encore elle se glissa à l'intérieur. Là, un serveur l'accueillit et lui proposa une petite table au fond de la pièce accompagnée de deux fauteuils très imposants et très confortables. Elle s'y installa, et prit le temps d'observer les lieux. Une douce musique d'ambiance et un feu de cheminée tout près rendaient le lieu très hospitalier. En cette heure de fin d'après-midi, peu de clients étaient présents. Un homme, la soixantaine, barbu, lunettes sur le nez, lisait le journal du jour en sirotant un expresso bien serré. Un couple d'étranger, de l'autre côté de la salle semblait organiser ses prochaines excursions à l'aide d'un plan. Ils dégustaient pour l'un une gaufre au chocolat et l'autre une crêpe au sucre, accompagnés de deux chocolats chauds. Martha attendait avec appréhension l'arrivée de cet homme, si doux qu'elle avait eu au téléphone. Comment serait-il ? Comment le reconnaître ? Ne se mettait-elle pas encore une fois en danger ? Elle était assise face à l'entrée, et scrutait chaque mouvement de passant dans la rue qui s'approchait de la porte, espérant y déceler un regard ou un visage familier.

Après une dizaine de minutes, un homme entra. Cela devait être lui car il avait à peu près son âge et regardait de tout côté comme s'il cherchait quelqu'un avec qui il avait rendez-vous. Sans être sûre Martha lui fit un petit signe amical de la main. Il la vit et d'un sourire, se dirigea vers elle avec élan.

Il était grand, environ un mètre quatre-vingts. Il était brun, avec une coupe de cheveux très moderne, bien courte sur les côtés et plus longue sur le dessus, le tout coiffé élégamment en arrière. Une petite barbe lui donnait un air mature, sérieux. Il portait un pantalon noir, des chaussures noires bien entretenues et une veste de costume de la même couleur sur une chemise blanche col ouvert. Ses élégants vêtements laissaient transparaître une carrure épaisse, plutôt musclée. Il avait beaucoup d'allure, de prestance. Son visage, légèrement carré, surmonté par des yeux verts perçants, s'illumina à la vue de Martha. Et Martha semblait déjà sous le charme.

L'homme s'approcha d'elle, prit la tête de Martha entre ses deux mains et lui offrit un baiser, doux, langoureux, tendre, très long, avide, comme s'il se nourrissait de ses lèvres. Il s'assit enfin en face d'elle, la laissant pantoise.

—Oh mon amour, j'ai eu tellement peur. Pourquoi tu ne répondais pas à mes appels. Tu sais, je ne peux pas débarquer chez toi avec ton taré de mari mais encore une journée et je déboulais là-bas et je lui faisais la peau. Qu'est-ce qu'il s'est passé ? Je me suis tout imaginé. J'ai cru qu'il t'avait tuée. C'est à cause de lui que tu ne me rappelais pas ? Il t'a enfermée comme l'été dernier ?

Martha, sous le choc d'autant de questions, prit une grande inspiration pour répondre mais se fit

couper dans son élan par le serveur qui venait prendre les commandes.
—Madame, Simon, bonjour, qu'est-ce que je vous sers ?
—Salut mec, répondit, le bel homme en face de Martha en faisant un check au serveur. Je vais prendre une bière « La barbe de Papa », tu sais de ce petit producteur local. Elle est super bonne. Et toi mon ange, tu veux quoi ? Un café au lait, comme d'habitude ?
—Oui, ça sera très bien, répondit Martha.
—Ça va le boulot ? Demanda le serveur à son ami.
—Ouais ça va. Ça tourne vraiment bien en ce moment. Je viens d'embaucher quatre nouvelles personnes ce mois-ci pour les bureaux de ma start-up à Reims. Je vais bientôt ouvrir d'autres bureaux vers Bordeaux. Je crois que cette nouvelle appli de musique va faire un carton. Et toi comment ça va ?
—Ça va, ça va. Je bosse toujours ici comme tu le vois, ça me plaît bien. C'est cool. Allez, je vais vous chercher ça.
L'homme s'éloigna avec un sourire pour Martha et une petite tape sur l'épaule pour l'homme.

Elle en savait déjà un peu plus. Il s'appelait Simon et il dirigeait une start-up d'application de musique pour téléphone. Et il ne faisait aucun doute qu'ils étaient en couple. Martha avait bel et bien un amant. Elle n'arrivait pas à y croire. Dans sa précédente vie, elle était un genre de célibataire endurcie, et là, elle était mariée et avait un amant. C'était dingue. Et quel amant. Elle était résolue à en apprendre plus sur lui. Le baiser qu'il venait de lui donner lui avait mis l'eau à la bouche. Et rien ne lui aurait fait plus de bien après cette horrible journée.

—Alors, mon ange, dis-moi ce qui ne va pas, lui dit-il les yeux plongés dans les siens, en lui prenant la main.

—Et bien, le bébé … se risqua-t-elle sans savoir s'il était au courant pour la grossesse.

—Oh mon cœur, dit-il avec un trémolo dans la voix. Il baissa la tête pour ne pas montrer sa tristesse. Tu sais, j'étais tellement heureux quand tu me l'as annoncé. Rapprochant son fauteuil de celui de Martha et la regardant profondément dans les yeux : Si on l'a perdu c'est que c'était notre destin. On fera plein d'autres bébés mon amour. Je te le promets. Dès que ton divorce sera prononcé, on vivra enfin notre amour au grand jour et on pourra faire des tas de projets.

Un divorce ? Elle avait donc l'intention de quitter Théodore. Et il lui semblait bien que le bébé qu'elle portait n'était pas de son mari mais bien de ce beau Simon. Cependant, à l'écouter, il n'avait pas l'air au courant que c'était Théodore le responsable de la fausse couche. Elle pensa lui avoir cacher pour éviter un drame. Simon avait l'air de vouloir en découdre avec Théodore.

*

Ils restèrent là à bavarder de longues minutes. Martha sentait l'amour dans les yeux de Simon. Elle se sentait rassurée, en paix avec lui. Vers 19h30 il lui proposa d'aller manger au restaurant, ce qu'elle accepta avec joie. Théodore avait déjà appelé six fois. Martha avait bien senti son téléphone vibrer dans son sac mais avait préféré laisser la messagerie se charger de cette besogne. Après tout, elle n'avait aucun compte à rendre à cet homme horrible. Elle laissa sa voiture devant le café et partit avec Simon dans sa voiture. Il avait une Audi Q5 blanche. À son image, élégante et robuste, elle était aussi très confortable et rassurante. Le long du trajet Martha se refit le film de sa conversation avec lui au café.

Elle en comprit qu'ils étaient ensemble depuis environ un an. Ils s'étaient rencontrés tout bêtement en ville, en faisant la queue dans une boulangerie très réputée, elle pour un pain au chocolat, lui pour un pain au raisin. Le service étant un peu long, ils en avaient profité pour bavarder. Un argumentaire très détaillé sur leurs goûts respectifs en avait découlé. Martha avait horreur des raisins secs et Simon, lui, les adorait. Quelques rires, sourires et regards complices échangés, ils avaient alors décidé de déguster leurs viennoiseries ensemble sur un banc du square non loin de là. La complicité et l'alchimie avaient fait le reste. Martha, emprisonnée dans sa cage dorée par son tyrannique mari avait trouvé du réconfort et surtout de l'amour auprès de Simon dont elle était presque instantanément tombée amoureuse. Leur idylle était secrète. Apparement, même Annette n'était pas au courant. Ils avaient pour projet de s'installer ensemble après que Martha aurait demandé le divorce.

Mais en cet instant précis, elle se demandait bien pourquoi les démarches n'avaient pas encore été enclenchées. Y avait-il un lien avec la grossesse ? Avec ce passage du livre d'Agatha Christie ? Avec le désherbant ? Trop de questions encore une fois. Et puis, Martha avait besoin de se dégourdir l'esprit, de prendre du bon temps. Elle secoua la tête doucement pour sortir ces vilaines idées de son esprit. Elle se laissa alors doucement bercer par les sons jazzy que Simon avait choisis pour accompagner le trajet. Quelques instants plus tard, Simon se gara, devant un magnifique restaurant.

Tel un gentleman il l'aida à sortir de la voiture, un peu haute, et lui prit la main pour la guider à l'intérieur du restaurant. Il réclama une table pour deux dans un endroit discret. En ce jeudi soir, le lieu était presque désert. C'était un petit restaurant italien. Les tables et la décoration étaient simples mais efficaces. Un fond musical typiquement italien, quelques reproductions de grands peintres aux murs et de petites sculptures ici et là, de la Vénus de Milo ou d'Hercule finissaient de donner le ton.

Martha et Simon s'installèrent et commandèrent des apéritifs pour commencer. Simon choisit ensuite une pizza, immense et fort bien garnie. Martha se laissa tenter par des pâtes au pesto et aux tomates séchées. Le couple prit des panna-cotta en dessert. Chacun se régala. Martha se sentait si bien avec lui. Elle avait l'impression de l'avoir toujours connu. Et lui, il semblait si bien la connaître. La complicité était évidente. Ils étaient dans leur bulle de bonheur. Rien ne pouvait la faire exploser. Les rires, les fous rires même de cette soirée étaient revigorants pour Martha. Le repas se finit avec deux expressos faits dans les règles de l'art italien. Tout au long du repas, Simon avait eu des regards pleins d'amour pour Martha. Des petits effleurements sur les mains, de petits baisers sur le bout du nez, des caresses dans les cheveux. Il était si tendre, si doux avec elle. Il semblait l'aimer profondément, follement. Cette fin de journée lui avait fait beaucoup de bien. Elle avait si mal débuté. En sortant du restaurant, en gentleman, Simon proposa à Martha de la raccompagner ou de dormir chez lui. Martha eut une hésitation. Elle ne le connaissait que depuis quelques heures. Et même s'il était charmant et plein de bons sentiments, elle trouvait cela un peu prématuré. Mais d'un autre côté, rentrer chez elle impliquait de se confronter à Théodore. Qui de plus, avait tenté de l'appeler à plusieurs reprises sans succès. Il devait être dans une rage folle. Que ferait-il d'elle lorsqu'elle passerait le pas de la porte ? Elle savait de quoi il était capable pour une futilité, alors là… elle ne voulut pas l'imaginer. Elle se tourna vers Simon, se blottit contre son torse réconfortant et lui glissa à l'oreille qu'elle voulait aller chez lui.

13.

« En amour, les mendiants et les rois sont égaux. »
Proverbe indien.

Simon vivait dans un appartement en centre-ville. Situé au cinquième étage d'un immeuble ancien, aux façades sculptées et aux petits balconnets de fonte noire, il offrait une vue imprenable sur la cathédrale. Haut monument de l'histoire de France, elle accueillit les sacres de nombreux rois de France. Martha comprit vite que Simon accordait beaucoup d'importance à ce détail car lorsqu'ils entrèrent dans l'appartement, il se posta devant la grande baie vitrée et lança à l'égard du monument un triomphal : « Bonsoir ma grande dame des sacres ». Il semblait avoir choisi ce logement uniquement pour cette raison. Assez spacieux, l'habitation offrait une petite entrée, une cuisine moderne et ouverte sur un salon, lui-même offrant cette vue imprenable sur le parvis de la cathédrale. Deux chambres et une salle de bain, le tout dans une ambiance mélangeant le contemporain et le classique, pouvait être déstabilisant. Mais on reconnaissait tout de suite le charisme et le caractère de Simon dans ces lieux.

Il proposa un dernier verre à Martha qu'elle refusa, préférant un thé aux fruits rouges. Pendant qu'il lui préparait, elle s'assit sur le canapé qui faisait face au majestueux monument. La nuit était tombée depuis longtemps mais il était éclairé par des spots qui lui donnaient l'impression d'un halo envoyé des cieux. Le spectacle était magnifique, apaisant. Simon vint la rejoindre quelques instants plus tard, deux tasses à la main. Il lui tendit la sienne et fit mine de trinquer, un petit sourire aux lèvres. Il passa un bras autour de ses épaules et lui glissa un petit baiser dans le cou. Ses lèvres étaient douces et son parfum exquis. Martha en eut des frisons tout le long de la colonne vertébrale. Elle tourna délicatement son visage vers lui. Ils se fixèrent, quelques secondes. Le cœur de Martha battait à tout rompre. Simon déposa alors ses lèvres sur les siennes. Il lui offrit un baiser doux, appuyé et léger à la fois. Martha s'en délecta. Elle se sentait bien dans ses bras. Elle ressentait les premiers émois d'une nouvelle relation. Le côté interdit de la situation la rendait encore plus excitante. Simon finit par lui déposer un denier baiser sur le sommet de la tête. Ce petit geste, tendre et protecteur finit par mettre Martha en toute confiance en sa présence. Ils restèrent là, silencieux, le temps de siroter leur breuvage. Chacun dans ses pensées, aucun n'avait besoin de parler. Le silence n'était pas pesant, bien au contraire, il était naturel. Comme si ces deux êtres ne faisaient qu'un.

Simon se leva enfin et tendit la main à Martha, l'invitant à le suivre. Ils traversèrent le couloir et il l'emmena jusqu'à sa chambre.

—Veux-tu que je te prête un de mes tee-shirts comme d'habitude ?

—Oui, répondit Martha, doucement, sans assurance.

Au pied du lit, il ouvrit son armoire et lui en tendit un blanc.

Martha, encore intimidée, ne bougea pas.

—Tu veux que je te déshabille et que je t'aide à l'enfiler petite chipie ? Dit-il en riant.

—Euh non, rougit Martha qui saisit le tee-shirt immédiatement.

Elle se détourna, déboutonna son chemisier, dégrafa son soutien-gorge, qu'elle fit tomber à terre. Elle déboutonna son pantalon et le fit glisser jusqu'au sol. Elle n'eut pas le temps d'enfiler le morceau de tissu blanc que Simon, dans son dos, l'enlaça avec amour. Ses mains, chaudes et douces se promenèrent alors le long de son corps. Martha se sentit frémir. Des frisons parcouraient ses membres. Elle s'abandonna alors, envoûtée par tant d'amour et de délicatesse. Les deux amants rejoignirent lentement le lit, tout en s'embrassant et s'étreignant.

*

Martha s'éveilla doucement. Le réveil sur la table de chevet indiquait 7h47. Le teeshirt blanc que Simon lui avait tendu la veille était toujours là, sur le sol, intact, presque encore plié. Martha se tourna et se blottit contre le torse de son amant. Il eut un petit gémissement et serra la jeune femme plus fort contre lui, s'éveillant lui aussi doucement. Il ouvrit alors les yeux et lui déposa un baiser sur le front. D'une voix un peu rauque, il lui dit :

—Bonjour mon petit amour.

—Bonjour.

—Tu as faim ?

—Oui, un peu.

—Alors, ne bouge pas d'ici, lui dit-il, lui redonnant un baiser sur la joue cette fois. Il se leva doucement et se dirigea vers la porte lui laissant un dernier regard attendri. Martha, un sourire béat sur les lèvres, remonta la couverture sur ses épaules et lui fit un petit clin d'œil.

Simon sortit de la chambre encore plongée dans une douce pénombre des matins d'hiver. Martha profita de son absence pour se remémorer cette merveilleuse nuit. Jamais, réellement jamais elle ne s'était sentie aussi bien, aussi aimée, aussi désirée. Simon avait été parfait. Ses gestes pleins de lenteur, de délicatesse avait fait défaillir Martha. Elle se sentait un peu honteuse de s'être abandonnée dans le lit d'un homme qu'elle ne connaissait que depuis quelques heures. Ce n'était pas son genre. Mais après tout, dans cette vie-là, elle le fréquentait depuis un an. Sa culpabilité s'envola aussi vite qu'elle avait surgi. La veille, elle avait vécu le plus beau moment de sa vie. Mais également le pire. Elle eut un pincement au cœur en repensant à cette annonce de fausse couche. Elle avait placé tellement d'espoir, de bonheur dans cette grossesse. Les larmes commencèrent à monter.

Simon entra dans la chambre. Martha se ressaisit alors, se redressant vivement et arborant le sourire le plus sincère qu'elle put offrir en cet instant. Elle ne voulait pas qu'il s'aperçoive qu'elle était émue et triste.

Simon portait un petit plateau, qu'il déposa auprès de Martha sur le lit. S'y trouvaient, deux tasses de café, deux petites tartines de confiture de fraise et deux petits pots de fromage blanc au miel. Un peu de force ne ferait pas de mal à Martha, qui se délecta de ce petit déjeuner.

—Alors, tu as bien dormi mon chaton ?

—Oh oui à merveille.

—Moi aussi. Je préfère dormir avec toi que tout seul dans ce grand lit froid. Et puis, cette nuit au moins, tu ne t'es pas mise à parler, dit-il en riant.

—À parler ?

—Oui, tu sais bien, presque chaque nuit tu baragouines des phrases dans un langage souvent incompréhensible.

—Vraiment ? Mais quel genre de choses je dis ? Demanda-t-elle curieuse et intriguée. Dans sa vie d'avant, elle dormait chaque nuit seule, dans sa petite maison de banlieue. Alors si elle parlait la nuit, personne ne l'aurait su.

—Pfiou, je ne saurais pas trop te dire. La dernière fois par exemple tu as dit un truc du genre : « bleblebla désherbe, poupoupour souuuupe. Haaa n'a pas oublié surtout, tous les ssssssoirs. ».

Il éclata de rire, trouvant cela très mignon.

Martha, elle, fit tout de suite le lien. Elle était saisie d'effroi. Elle s'efforça de sourire pour ne rien laisser paraître.

—Je dois être au boulot pour 9h. Je te redéposerai à ta voiture avant d'y aller. Ça te va mon ange ?

—Oui parfait.

Le couple se doucha rapidement et s'habilla entre deux baisers. Les regards complices rythmaient cette matinée d'idylle. Martha trouva un bâton de rouge à lèvre et un mini-mascara dans son sac à main. Elle se maquilla à la hâte car l'heure tournait et il fallait partir. Son regard se porta sur son téléphone portable. Théodore n'avait pas essayé de la rappeler. Il avait peut-être laissé tomber. Martha fut soulagée à cette idée.

Sur le seuil de la porte, prêt à sortir, Simon lui lança :

—Oh chérie, j'allais oublier !

Saisissant derrière un meuble, une bouteille de plastique blanc d'environ un litre, il lui tendit, en ajoutant :

—Tu m'avais demandé de la garder et de te la rendre à notre rendez-vous suivant.

—Qu'est-ce que c'est ?

—Je n'en sais rien. Tu m'as dit : « Garde ça pour moi, ne pose pas de questions, je t'expliquerai plus tard. » Alors moi, en bon petit-ami obéissant, j'ai fait ce que tu m'as demandé, répondit-il en riant.

—Ah oui, c'est vrai, je suis bête. Pardon, oui, oui, donne-la moi, fit-elle mine de se souvenir.

L'étrange bouteille à la main, Martha sortît de l'appartement, pas tout à fait sûre qu'elle y remettrait les pieds un jour.

14.

« L'amour ne dure qu'un seul jour, et ce jour n'a de cesse. » Proverbe indien.

Martha entra dans sa voiture, restée stationnée devant le Classikcafé. Simon l'avait déposée avant de partir travailler, lui donnant un énième petit bisou malicieux sur les lèvres en guise d'au revoir. Assise au volant de sa berline, la bouteille blanche encore dans les mains, Martha prit le temps de l'examiner. Aucune étiquette, aucune inscription, mais des marques de colles séchées. Quelqu'un avait dû décoller l'étiquette. Mais pourquoi ? C'était très dangereux, elle en était sûre. Car la bouteille était fermée d'un

bouchon sécurité pour empêcher les enfants de l'ouvrir. Elle l'ouvrit et sentit le contenu. Elle reconnut une odeur alliacée, très forte, qui la fit reculer promptement. Elle n'avait plus de doute, c'était bien du désherbant. Pourquoi avait-elle confié cette bouteille à Simon, sans lui en dire davantage qui plus est ?
Mais quelque chose l'intriguait encore plus. Pourquoi n'était-elle pas pleine ?

*

Martha sursauta. Son téléphone sonnait. L'écran indiquait Clarence. Elle décrocha rapidement.
—Allo.
—Allo ? Madame Decharlant ? Oh Madame …
La fin de la phrase fut coupée par un sanglot étouffé.
—Clarence ? C'est vous ?
—Oui.
—Qu'y a-t-il Clarence ? Vous pleurez ?
—Oh Madame, si vous saviez, je suis tellement désolée.
—Mais de quoi Clarence ?
—Madame, votre mari est à l'hôpital, le Samu vient de l'emmener. Tout est de ma faute Madame. Pardonnez-moi.

—Quoi ? Mais enfin Clarence, je ne comprends rien. Bon, ne bougez pas, je serai de retour dans quinze minutes.

Martha raccrocha. Elle mit le contact rapidement et fit route vers la maison.

Le trajet lui parut interminable. Qu'était-il arrivé ? Qu'est-ce que Clarence avait bien pu faire pour envoyer Théodore à l'hôpital ? Mille questions, mille possibilités traversèrent l'esprit de Martha le temps de ce quart d'heure. Elle pensa alors à Henry. Il lui manquait terriblement. Lui aurait su quoi faire dans ce genre de circonstances. Il l'aurait aidée, épaulée, soutenue, comme toujours. Mais là, elle ne pouvait compter que sur elle-même.

Arrivée devant la bâtisse, le portail automatique s'ouvrit. Le gardien n'était pas là. Elle stationna sa voiture à sa place habituelle dans le garage et se dirigea rapidement vers la porte qui donnait sur la maison.

Clarence était là, dans la cuisine, comme à son habitude. À toute heure elle était affairée, à la préparation du repas, à l'entretien du linge, au ménage. Mais là, elle était assise à table, la tête dans les mains, abattue. Elle pleurait. Lorsqu'elle entendit Martha entrer, elle releva la tête. Elle se précipita alors dans ses bras, continuant de pleurer.

—Oh Madame, pardon, pardon, je vous en prie, pardonnez-moi.

—Clarence, s'il vous plaît, ressaisissez-vous. Je ne comprends rien à rien. Expliquez-moi ce qu'il se passe. Je commence à m'inquiéter sérieusement. Où est Théodore ? Que lui est-il arrivé ?

—Je vous l'ai dit, il est à l'hôpital Madame. Le Samu est venu tôt ce matin. Ils sont repartis il y a environ trente minutes, en emportant Monsieur Decharlant. Oh c'était horrible de le voir allongé là , sur la civière, avec tous ces appareils branchés sur lui.

—Mais bon sang, que s'est-il passé Clarence ? La secoua-t-elle par les épaules en la regardant droit dans les yeux pour capter son attention.

—Quand je suis arrivé ce matin, j'ai préparé les petits déjeuners comme d'habitude. Quand il travaille, Monsieur se lève en général vers sept heures. J'étais très occupée et c'est seulement vers huit heures moins le quart que j'ai réalisé qu'il n'était toujours pas levé. Je suis alors monté dans sa chambre, et là …

La femme se remit à pleurer et la fin de sa phrase fut inaudible.

—Et là quoi Clarence ? Quoi ? La pressa Martha, les yeux écarquillés, avide de connaître la suite, ne supportant plus ce suspense insoutenable.

—Il était inconscient. J'ai bien essayé de le secouer un peu, mais il n'a pas réagi. Et vous savez, moi, je n'y connais rien aux premiers secours. Je n'ai pas su quoi faire. Alors j'ai commencé par hurler. J'ai cru qu'il était mort. Mort Madame, vous m'entendez, mort ! J'ai cru que j'étais devant un cadavre. J'ai eu si peur. J'étais en état de choc.

—Et alors, qu'avez-vous fait ?

—Et bien au bout de quelques minutes, j'ai appelé le 15. Au bout du fil ils m'ont demandé s'il respirait, si son cœur battait, s'il était froid. Mais moi je n'en savais rien. Et j'avais peur de remonter là-haut. Je ne voulais pas me retrouvée seule avec un mort. Mais j'ai pris mon courage à deux mains Madame. Et heureusement, il n'était pas froid. Mais il ne respirait pas beaucoup et son cœur battait tout lentement. Oh Madame … !

Elle retomba de plus belle dans les bras de la jeune femme.

—Le Samu est donc venu c'est ça ? Et que vous ont dit les médecins ?

—Oh je n'ai pas tout compris Madame. Ils ont parlé d'arrêt cardio-quelque chose, de coma, de pronostic vital ou un truc comme ça. Enfin, ils ont dit qu'ils l'emmenaient et que je devais vous prévenir. C'est ce que j'ai fait.

—Dans quel hôpital est-il ?

—L'hôpital Maison Blanche Madame.

—Très bien, j'y vais tout de suite.
Attrapant vivement son sac à main qu'elle avait posé sur la table le temps de la discussion, Martha se dirigea vers la porte du garage.
Mais avant de franchir la porte, elle se tourna soudain vers Clarence :
—Pourquoi avez-vous dit que c'était de votre faute Clarence, vous n'y êtes pour rien.
—À cause de l'élixir de fertilité Madame.
Martha ne comprit pas un mot, mais elle n'avait pas le temps de comprendre.
—Nous en parlerons plus tard. Je fais de mon mieux pour vous donner rapidement des nouvelles de Théodore.
Elle claqua la porte, reprit le volant, sortit en trombe et se dirigea vers l'hôpital Maison Blanche. Elle ne vivait dans cette ville que depuis quelques jours et elle découvrit sur le long du chemin que son GPS lui indiquait, tout un tas de petites rues très charmantes. Cela la réconforta un peu. Elle avait peur de ce qui allait se passer. Elle détestait cet homme, mais elle était mariée à lui. Et qu'attend-on d'une épouse ? Qu'elle soit au chevet de son mari souffrant, voire mourant dans son cas. Et puis, la curiosité la poussait à savoir ce qui s'était passé. Trop de mystères entouraient sa nouvelle vie.

Le livre d'Agatha Christie, les coupures de presse indiquant la présence de Théodore sur les lieux de l'accident de voiture, le ticket de caisse et cette bouteille entamée de désherbant à l'odeur d'ail, son amant et maintenant son mari mourant. Était-ce une tentative de suicide ? Il en serait bien capable, juste pour faire culpabiliser Martha et la retenir un peu plus dans ses griffes de pervers narcissique.

Elle arriva devant l'hôpital. Trouver une place n'était pas une mince affaire. Après avoir fait trois fois le tour du pâté de maison, elle en trouva une, libérée quelques secondes avant, un peu éloignée de l'entrée mais cela ferait l'affaire.

Elle courut à l'intérieur du site. L'hôpital était immense. Des panneaux de tous côtés ne lui facilitaient pas la tâche pour se repérer. Elle se dirigea vers l'accueil où une jeune femme à l'air débordé, lui indiqua du doigt les urgences adultes, tout en finissant sa conversation téléphonique, le combiné bloqué entre la joue et l'épaule et en classant des documents. Au bout de plusieurs mètres, Martha fit irruption dans le service des urgences. Avec difficulté elle réussit à capter l'attention d'un soignant.

—Monsieur, excusez-moi, bonjour. Je suis Madame Decharlant, mon mari vient d'être admis ici il y a quelques minutes. Savez-vous où je peux le trouver ?

—Decharlant ? Oui bien sûr. Il est installé dans la chambre 320.

Elle s'y dirigea. La porte était entre-ouverte. Un médecin et deux infirmiers étaient à son chevet, installant diverses machines, lui prodiguant divers soins. Il était immobile, sur le lit, les yeux fermés. L'atmosphère était pesante, seulement bercée par les bips réguliers des machines. Martha toqua doucement pour s'annoncer.

—Bonjour, je suis Madame Decharlant, dit-elle en chuchotant. Comment va-t-il ?

Surpris, les soignants se tournèrent vers elle à l'unisson.

Le médecin prit la parole.

—Bonjour Madame. Je suis le médecin chargé du suivi de votre mari. Sortons dans le couloir pour discuter.

Il referma la porte derrière lui, d'un air grave.

—Votre mari ne va pas bien du tout Madame Decharlant. Je suis navré de vous annoncer que son pronostic vital est engagé. Nous ne savons pas depuis combien de temps il était inconscient à notre arrivée sur les lieux. Et nous ne savons pas non plus de quoi il souffre. Plusieurs hypothèses sont avancées, telles qu'un AVC ou un arrêt cardio-respiratoire. Compte tenu de son jeune âge

et de sa bonne condition physique, c'est peu probable, mais nous n'écartons aucune piste. Il va subir dans les prochaines heures et prochains jours différents examens, sanguins, urinaires, cardiaques, cérébraux afin de déterminer avec précision ce qui l'a plongé dans cet état. Son corps étant en trop grande souffrance, nous avons dû le plonger dans un coma artificiel dont je ne peux vous indiquer la durée. Il sera transféré dans la journée au service de réanimation.
Martha, abasourdie par la nouvelle, ne répondit rien. Elle le remercia enfin, lui demanda de l'appeler à la moindre nouvelle et se dirigea lentement, tel un zombie vers la sortie du service.

*

Assise dans sa voiture elle se demanda ce qu'elle ressentait. C'était difficile à décrire. Certainement pas de la compassion ou de la tristesse. Mais pas non plus de soulagement. Elle était déstabilisée par ce nouvel événement. Cette nouvelle vie était pleine de surprises. De très bonnes, mais aussi d'effroyables surprises. Martha avait besoin de parler à quelqu'un, une personne en qui elle pouvait avoir confiance.
Simon était au travail. Pas question de le déranger. Elle se décida à appeler Annette. Après trois appels

infructueux, elle se résigna. Elle se résolut alors à rentrer chez elle et à rester en compagnie de Clarence, même si cela ne l'enchantait guère. Entendre la domestique pleurer et se reprocher tous les maux du monde, très peu pour elle. Elle l'aimait beaucoup, ce n'était pas la question, mais elle avait d'autres chats à fouetter que de consoler une vieille femme éplorée par l'état de santé de son patron.

Martha laissa sa voiture à l'extérieur, devant la maison. Elle entra par la grande porte d'entrée en verre et fer forgé. Elle quitta ses chaussures avec plaisir, jeta son sac à main par terre ainsi que son manteau. Elle s'écroula dans le canapé, résolue à être baignée par le silence.

C'était sans compter sur Clarence qui déboula dans la pièce.

—Tenez Madame, je vous rends votre flacon. Moi je ne veux plus toucher à ça, dit-elle d'un air franc et définitif.

Martha se redressa, incrédule.

—Quel flacon Clarence ?

—Celui-ci Madame.

Elle lui tendit une petite bouteille de verre transparent, fermée par un bouchon de liège. Une étiquette ancienne collée dessus, à moitié arrachée, ne permettait pas à Martha de déchiffrer les inscriptions. Elle la prit dans sa main.

—Je suis sûre que c'est à cause de ça que Monsieur Decharlant est entre la vie et la mort à l'heure qu'il est, dit-elle les bras croisés sur la poitrine.
—Mais qu'est-ce que c'est ?
—Enfin Madame, c'est le flacon que vous m'avez donné il y a deux semaines environ. Vous m'avez dit « Clarence, n'oubliez pas, une cuillère à café chaque soir dans la soupe de Monsieur ».
—Mais qu'y a-t-il à l'intérieur ? Pourquoi vous aurais-je demandé de lui en donner ?
—Oh Madame enfin, je sais que vous êtes bouleversée, mais souvenez-vous. Vous m'avez dit que vous et Monsieur n'arriviez pas à avoir d'enfant et que cet élixir qui vous venait de votre famille lui permettrait d'être plus fertile. Alors moi je vous ai obéie. J'ai cru bien faire. Je serai ravie de voir courir des petits bambins dans cette grande maison. Mais voilà, puisqu'il est parti en déplacement pendant trois jours, il n'a pas eu sa dose d'élixir. Alors hier soir, je lui ai mis trois fois la quantité dans sa soupe. Je vous le répète, j'ai cru bien faire.
Martha, le regard plein d'effroi, se mit les deux mains sur la bouche pour ne pas hurler, lâchant par la même occasion le flacon sur le sol, qui se brisa.
Une légère odeur d'ail se répandit alors dans la pièce.

15.

« Les femmes vont parfois trop loin, c'est vrai. Mais c'est seulement quand vous allez trop loin que les autres écoutent. » Indira Gandhi.

Allongée dans son lit, sur le dos, le regard perdu dans le vide sidéral du plafond, Martha était abattue. Elle était maintenant devenue auteure d'une tentative de meurtre. Et elle avait pris son ingénue de domestique pour complice. C'était le pompon.

Avec tous les examens que les médecins allaient faire à Théodore, ils finiraient forcément par se rendre compte qu'il avait été empoisonné. Et bien sûr, elle serait en tête sur la liste des suspects.

Surtout si Clarence ouvrait sa bouche et révélait que c'était sa patronne qui lui demandait de verser du désherbant tous les soirs dans la soupe du mari. Comment se dépêtrer de ce fatras ?
Le téléphone de Martha, posé près d'elle sur le lit se mit à vibrer. Elle n'avait pas envie de décrocher, pas envie de regarder qui l'appelait, pas la force de parler, pas la force de se confronter à qui que ce soit. Après quelques secondes d'inactivité, il vibra de nouveau. Rien, pas de réaction, Martha était abattue. Au troisième appel, elle risqua un petit coup d'œil pour voir l'émetteur. C'était Annette. Martha se redressa rapidement et décrocha.
—Allo !
—Ah et bien enfin ! Qu'est-ce que tu foutais ? Ça fait quinze fois que j'essaye de t'appeler.
En réalité ce n'était bien que la troisième fois, mais Martha avait bien remarqué cette tendance à l'exagération chez son amie Annette.
—Pff, rien, je ne fais rien.
—Comment ça tu ne fais rien ? Ton putain de mari est à l'hosto prêt à crever et toi tu ne fais rien ?!
—Comment t'es au courant ? Répliqua instantanément Martha, se redressant vivement, surprise.
—Bah allume ta téloche ma belle. Il est treize heures et au journal régional c'est le gros titre du

jour : Théodore Decharlant, le magna du champagne de la région entre la vie et la mort, le mystère sur les circonstances reste total.

—Non, tu es sérieuse ?

Martha sentait la panique monter.

—Bah oui je suis sérieuse. Alors, comment il va réellement ? Moi je ne fais pas confiance à tous ces journalistes.

—Et bien ils ont raison. Il est bien entre la vie et la mort.

—Tu l'as planté pendant son sommeil ? C'est bien, tu m'as enfin écoutée, ricana-t-elle.

—Oh arrête, ça ne me fait pas rire. Ils l'ont mis dans un coma artificiel. Ils ne savent pas ce qu'il a. Ils vont lui faire des examens.

—Ah oui quand même ! Celui qui voulait sa peau n'a pas fait semblant.

—Qui te dit que quelqu'un voulait sa peau ?

—Je ne sais pas, son caractère de merde par exemple, ou alors sa perversion, ou peut être sa condescendance, ou son mépris, ou encore…

—Ça y est, ça y est, j'ai compris.

—Attends, aux infos ils disent même que tu n'étais pas à la maison quand les secours sont arrivés, très tôt ce matin et que selon les rumeurs tu aurais un amant. Ils racontent vraiment que des conneries.

—Non, c'est une blague ?

—Si si j'te jure.

—Bon écoute, pour le moment, je n'en sais pas plus pour Théodore. Je te rappelle dès que j'ai des nouvelles, ok ?
—Ça marche. Allez, courage ma belle. Et puis, relativise, s'il crève, tu seras tranquille et en plus tout son patrimoine sera à toi. Bisous
—Bisous.
Elle raccrocha.

*

Tout son patrimoine ? C'était une blague ? Ils n'avaient pas conclu de contrat de mariage ? Alors que lui était plein aux as et elle, sortie de la rue. C'était dingue. Mais son patrimoine s'élevait à plusieurs millions. Entre la maison, les voitures, l'entreprise, et les investissements dans l'immobilier dont il avait parlé lors du premier repas, sa fortune devait être colossale.
Mais c'était loin d'être une bonne nouvelle. Cela fournissait un mobile. Martha était au désespoir.
Comment allait-elle se sortir de ça ? Elle ouvrit le petit tiroir de sa table de nuit. La fiole bleue, son seul espoir de salut, attira immédiatement son regard. Était-ce le bon moment pour en reprendre une gorgée ? A quel moment de sa vie devrait-elle penser suffisamment fort pour changer à nouveau le cours des événements ? Aurait-elle la force de

tout recommencer, encore une fois ? Elle saisit le petit objet de verre et le fit rouler entre ses doigts quelques instants. Elle ouvrit le bouchon, huma le contenu. L'odeur était un peu désagréable, iodée, âpre. Elle n'y avait pas vraiment prêté attention la première fois. Elle avait but la première gorgée si vite. Il restait l'équivalent de deux doses. Deux chances pour changer de destin. Sa première vie n'avait pas été terrible. La seconde était encore pire. Comment serait la troisième ? Effroyable ? Se retrouverait-elle perdue en pleine mer, après un crash d'avion, à se faire dévorer par les requins ? Elle voyait difficilement comment faire pire. Elle porta le flacon à ses lèvres. Elle réfléchit un instant puis, on toqua à sa porte de chambre. À travers la porte elle entendit.

—Madame Decharlant, c'est moi Clarence. Est-ce que vous voulez manger quelque chose ? Je n'ai pas eu le courage de cuisiner ce matin mais je peux vous faire un petit sandwich.

—Non merci Clarence, je n'ai pas faim.

—Très bien, je vous laisse alors. Je dois aller faire quelques courses au supermarché. Avez-vous besoin de quelque chose ?

—Non, rien, merci, je veux juste être seule.

Martha entendit alors des bruits de pas s'éloigner dans le couloir puis la porte d'entrée se fermer.

Plus un bruit.

—Grrr, elle m'a coupé dans mon élan, pesta-t-elle à haute voix.

Ce contretemps l'avait amenée à se raviser. Après tout, les médecins n'avaient pas encore parlé d'empoisonnement, ni même de tentative de meurtre. Elle était encore bien loin d'être suspectée de quoi que ce soit. Elle avait encore le temps de préparer minutieusement cette seconde gorgée, si toutefois elle décidait vraiment de la boire. Car ce geste signifiait perdre à jamais la relation qu'elle entretenait avec Simon. Et elle commençait sérieusement à avoir des sentiments pour lui. Elle reposa la précieuse petite fiole dans le tiroir. Ses yeux se portèrent alors sur le livre d'Agatha Christie. En le voyant, le mystère s'éclaircit peu à peu. Ces passages surlignés sur un empoisonnement au phosphore, c'était en fait du repérage, une préparation machiavélique. Comment avait-elle pu devenir cette personne ? Une femme capable d'empoisonner son mari, si odieux et violent soit-il ?

Vraisemblablement les consignes qu'elle avait données à Clarence pour le soit-disant élixir de fertilité datait de deux jours après la fausse couche. La haine envers Théodore devait être si forte que Martha était prête à l'éliminer de la surface de la terre. Soudain Martha eu un éclair de lucidité. Ce livre, ces passages surlignés étaient autant de

preuves contre elle. Elle devait s'en débarrasser et vite.
Elle le saisit et se précipita au rez-de-chaussée. Le feu était allumé dans la cheminée. Sans attendre, elle y jeta le livre. Elle s'assit alors devant l'âtre et observa l'ouvrage se consumer lentement, espérant ne pas être dérangée dans sa tentative de destruction de preuve. Elle voulait être sûr qu'aucune trace ne subsisterait.

Epuisée par tant d'émotions, elle s'était endormie, au chaud, au sol, sur le tapis moelleux posé devant la cheminée. Elle fut réveillée par le retour de Clarence.

*

Elle remonta dans sa chambre. Pour se donner bonne conscience, et sans se l'avouer, également pour montrer patte blanche, elle appela le service de réanimation où était hospitalisé Théodore, pour prendre des nouvelles.

—Allo, bonjour, ici Madame Decharlant. J'appelle pour prendre des nouvelles de mon mari.

—Ne quittez pas, je vous passe le médecin.

—Merci.

Martha patienta quelques instants avec la mythique musique d'attente, agaçante à souhait.

—Allo, Madame Decharlant ?

—Oui, c'est moi-même, j'appelle pour avoir des nouvelles de mon mari. Je sais qu'il n'est dans votre service que depuis ce matin mais je ne peux m'empêcher de m'inquiéter.
—Il est toujours dans le coma. Ses constantes sont bonnes. L'électrocardiogramme et le scanner n'ont rien révélé d'anormal. Nous attentons les résultats des prises de sang et d'analyse d'urine. Je vous appellerai au numéro qui s'affiche dès que nous aurons plus de précision, ne vous en faites pas.
—Très bien. Merci docteur.
Martha raccrocha. Il était déjà 15h30. Elle n'avait toujours pas faim. Elle voulait juste quitter cette maison, s'aérer. Elle ne pensait qu'à Simon. Elle voulait le retrouver, passer la soirée avec lui, la nuit même. Il était encore au travail et elle ne voulait pas le déranger. Elle se dirigea vers le dressing. Elle y dégota un grand sac week-end en cuir marron. Elle choisit avec soin une tenue pour le lendemain et deux autres de rechange. Pour le soir même, sa préférence se porta sur une robe noire à manches longues, cache-cœur très décolletée, s'arrêtant au-dessus du genou. Elle choisit une paire de collants très sexy pour l'accompagner ainsi qu'une paire d'escarpins en fausse peau de crocodile de dix centimètres de haut. Un ensemble de lingerie noir à dentelle serait parfait avec. C'était étrange. Son mari était hospitalisé, mais elle, elle était

déterminée à jouer le jeu de la séduction avec Simon. Lui seul occupait ses pensées en cet instant. Elle sentit la chaleur monter dans son dos. Elle choisit ensuite sa tenue pour la nuit. Dans une des étagères elle trouva un déshabillé blanc, très transparent. Elle n'avait absolument pas l'habitude de porter ce genre de choses mais aujourd'hui elle était d'humeur grivoise. La malice dans les yeux et le sourire aux lèvres, elle glissa tout cela dans son grand sac. Ce soir elle comptait bien prendre du bon temps avec Simon. Elle avait eu un avant-goût de ses talents la veille et elle en voulait encore. Et tant que Théodore était dans le coma, elle avait tout le loisir de passer du bon temps avec son amant. Elle lui envoya un texto :

> Salut. Je pense que tu as regardé les infos et que tu es au courant pour Théodore. Je ne veux pas rester seule. Je peux venir chez toi ce soir ?

La réponse ne se fit pas attendre :

> Salut mon ange.
> Je viens seulement de le savoir, j'étais en réunion toute la journée. J'allais t'appeler. Comment tu vas ? Pas trop dur ?
> Bien sûr que tu peux venir ce soir mon amour. Prend tes clefs et attends-moi là-bas. J'y serai vers 18h30.
> Je t'aime.

Martha descendit à la cuisine. Elle ne trouva pas Clarence et décida de lui laisser un mot sur la table. Elle lui indiquait qu'elle ne dormirait pas là une ou deux nuits, qu'elle serait chez son amie Annette.

Une légère odeur d'ail se répandait encore dans le salon. Martha espérait que cela se dissiperait vite. Elle quitta la maison pour monter dans sa voiture. En s'installant sur le siège conducteur, ses yeux se portèrent sur la bouteille blanche que Simon lui avait rendu le matin même. Il fallait aussi qu'elle se débarrasse de ça.

16.

« Le monde semble sombre quand on a les yeux fermés. » Proverbe indien.

Elle mit le contact et sortit de la propriété. Elle tourna dans les rues de la ville. Elle chercha le meilleur endroit pour y faire disparaître cette maudite bouteille. Elle se gara devant une maison dont la poubelle était encore sur le trottoir. Elle descendit et à l'abri des regards indiscrets elle y jeta la bouteille blanche. Soulagée d'en avoir fini avec cette besogne de destruction de preuves, elle s'arrêta un peu plus loin dans une supérette pour acheter de quoi dîner le soir même. Elle voulait faire une surprise à Simon. Une bouteille de champagne et des petits toasts pour l'apéritif, des tournedos de bœuf et des petites pommes de terre grenaille pour le plat de résistance. Elle choisit une tarte aux framboises pour le dessert. À la caisse du magasin, elle glissa machinalement une main dans sa poche. Avec stupéfaction, elle en sortit le ticket de caisse de la bouteille de désherbant. Il faut que je me débarrasse de ça au plus vite, se dit-elle. Sur le comptoir elle acheta en plus un petit briquet de poche. De retour dans sa voiture, elle l'alluma et brûla lentement la dernière preuve de ses méfaits. Décidément c'était une journée dédiée à la dissimulation et la destruction de preuves, se dit-elle ironiquement.

Les bras chargés de ses courses, elle débarqua chez Simon. Il serait là dans 1h30 environ. Il ne fallait pas traîner. Devant la porte, elle essaya plusieurs clefs de son trousseau jusqu'à trouver la bonne. Elle déposa le sac de courses sur l'ilot de la cuisine et son sac week-end dans la chambre. Elle se sentait bien ici. L'odeur, la lumière, l'atmosphère, tout la mettait à l'aise et la rendait confiante. Elle fouilla l'appartement à la recherche de quelques bougies. Elle voulait donner à cette soirée un ton très romantique. Elle en dénicha dans un meuble du salon où elle trouva également de quoi dresser une élégante table, composée de vaisselle en porcelaine blanche, de verres en cristal et de quelques décorations. Sur le chemin, elle s'était arrêté chez un fleuriste pour y

acheter un délicat bouquet de roses blanches. Elle trouva un magnifique vase où les déposer et choisit une place de choix sur la table pour les mettre en valeur.
À la cuisine, elle prépara les petits toasts pour l'apéritif, éplucha les pommes de terre, et les plaça au four. La tarte était au réfrigérateur. Tout était prêt. Un petit passage à la salle de bain pour un joli brin de beauté, Martha coiffa ses cheveux en de longues ondulations, très sexy.

Elle s'assît ensuite sur le canapé, pour attendre l'homme dont elle était en train de tomber éperdument amoureuse.

Le regard plongé dans la beauté de l'immense cathédrale illuminée qui lui faisait face, elle ne put s'empêcher de penser à lui. Elle savait qu'elle jouait un jeu dangereux. Que dans quelques jours, elle serait peut-être obligée d'avaler une seconde gorgée d'élixir et que cette idylle partirait en fumée. Elle sentait bien que cette situation ne durerait pas. Et c'est aussi pour cela qu'elle se sentait obligée d'en profiter. Jamais un homme n'avait si bien pris soin d'elle. Sauf Henry, mais d'une toute autre manière. Henry était son ami, pas son amant. Il la boostait, l'aidait à surmonter les épreuves de la vie, l'incitait à se surpasser. Avec Simon c'était différent. Elle se sentait terriblement aimée, tellement en sécurité dans ses bras. Il était si beau, si séduisant. Avec lui elle vivait une idylle inespérée. Si elle buvait cette prochaine gorgée, retrouverait-elle pareil amour, pareille alchimie ? Elle fut tirée de ses pensées par un bruit de clef dans la serrure.

Simon entra, une mallette noire à la main et un large sourire sur les lèvres à la vue de Martha sur le canapé. Il posa la mallette et s'avança vers elle. Elle s'était levée. Il la scruta de la tête aux pieds, des étoiles dans les yeux.

—Bonjour mon ange. Ouah tu es tellement belle ce soir !

Il lui prit les deux mains et lui déposa un léger baiser sur le bout des lèvres.

—Merci dit-t-elle en rougissant.

Elle n'avait pas l'habitude de ce genre de compliments.

—Et bien, quelle surprise. Tu m'as préparé un dîner en amoureux ? Ça me fait très plaisir. Je t'aime tellement Martha, dit-il la serrant dans ses bras.

Ils s'assirent tous deux dans le canapé, se regardant droit dans les yeux avant de s'embrasser langoureusement. Martha servit ensuite à chacun une coupe de champagne et les petits toasts qu'elle avait préparé avec amour. Ils trinquèrent. Ils riaient, s'embrassaient. Elle ne s'était jamais sentie aussi bien de toute sa vie. Elle voulait que ce moment dure toujours. Simon lui passait volontiers la main dans les cheveux, ou lui effleurait la main, d'une façon si délicate que Martha en avait des frissons dans tout le corps. La tension romantique entre eux ne faisait que croître.

Ils passèrent à table et Simon loua les talents de cuisinière de sa dulcinée, la bouche pleine, se délectant de ces délicieux mets. Après le dessert, il mit un peu de musique, du jazz. Il aimait beaucoup ce style de musique, qu'il écoutait souvent lorsqu'il voulait un petit moment de détente ou pour se concentrer. Il l'invita à danser. Sous l'œil bienveillant de la grande cathédrale, le couple, enlacé, se laissa bercer par le tempo des saxophones et du piano. Simon déposa de petits baisers sur le sommet de la tête de Martha, respirant allègrement son odeur vanillée. Elle, blottie dans ses bras, contre son torse, les yeux fermés, profitait de chaque instant. Elle sentit qu'il en profitait pour humer son parfum, la respirer. Elle pouvait entendre son cœur battre la chamade. Elle redressa la tête, lentement, en silence et plongea ses yeux dans les siens. Un long baiser langoureux suivit. Simon caressa le dos de Martha avec douceur et lenteur. Ses mains glissèrent plus bas au fil de la musique. Il posa ses mains chaudes sur ses hanches, tout en continuant de l'embrasser. Sa main droite s'arrêta ensuite sur le lien de coton qui attachait la robe cache-cœur de la jeune femme. Il tira lentement sur le cordon de tissu. Sa robe s'ouvrit délicatement sur l'ensemble de lingerie en dentelle noire qu'elle avait choisi avec soin quelques heures auparavant. Simon semblait ravi. Il déposa quelques baisers sur le buste de sa belle. Elle frémit. Il glissa avec lenteur ses mains sur chaque parcelle de sa peau provoquant chez elle de légers frissons. Martha sentait la chaleur la gagner. Remontant les deux mains sur ses épaules, il fit glisser lentement sa robe jusqu'au sol. Il porta ensuite Martha, telle une princesse, et l'emporta, le regard plongé dans le sien, sans un mot, jusqu'à son lit. Toujours rythmés par les sons de jazz venant du salon, le couple ne fit plus qu'un. Jamais Martha n'avait ressenti cette fusion, cette sensation de ne faire plus qu'un corps. Cette étreinte et ce moment étaient empreints d'amour, de tendresse, de respect, de désir et de plaisir. Leurs respirations saccadées, leurs gémissements couvrirent bientôt la douce musique.

Ils s'endormirent enfin dans les bras l'un de l'autre, dans l'espoir inavoué que ce moment soit éternel. Leur amour interdit, leur passion défendue, ils voulaient la vivre à au maximum. Comme s'ils sentaient que le destin ne tarderait pas à les leur reprendre.

*

Simon se réveilla le premier. Il voulait laisser Martha se reposer et alla préparer un petit déjeuner dans le plus strict silence. La nuit qu'ils avaient passée se refaisait en boucle dans sa tête. Il aimait tellement cette femme, il se sentait envoûté par elle, il était prêt à tout pour elle. Elle était son âme sœur, il en était sûr. Il n'y avait pas que de l'amour et du désir entre eux. Il y avait aussi de la complicité, des moments de rire, mais de compassion aussi, d'entraide dans les moments difficiles. Il ne voyait pas sa vie sans elle. Elle était devenue sa raison de vivre.

Vêtu d'un tee-shirt blanc très moulant et d'un bas de jogging bleu marine, il était affairé à faire griller du pain et à faire couler le café. Il fut surpris par de petits pas arrivant de la chambre. Martha était levée, les cheveux en bataille, le regard dans le flou. Il la trouvait encore plus mignonne. Il la prit dans ses bras tout de suite, abandonnant chaque tâche qu'il venait d'entamer. Lorsqu'elle était là, plus rien n'avait d'importance.

—Bonjour mon petit chou, lui dit-il avec un petit bisou sur le bout du nez. Tu as bien dormi ?

—Oh oui, merveilleusement bien.

—Installe-toi. Je te fais un café au lait comme d'habitude ?

—Oui, merci.

Simon s'affaira pendant que Martha tentait d'émerger doucement.

—Alors, tu as eu des nouvelles de l'hôpital ?

Elle était à mille lieux de penser à Théodore en cet instant et n'avait surtout pas envie qu'on lui remémore cet horrible bonhomme. Elle répondit à contrecœur.

—Non, rien.

—Tu as une idée de ce qui a pu se passer ?

Martha blêmit. Le regard baissé, silencieuse, elle ne savait pas si elle devait en parler à Simon. Que penserait-il d'elle ? Que ferait-il ? Il ne la dénoncerait pas, elle en était sûre, mais cela signerait-il la fin de leur relation ? En rassemblant tout ce qu'elle avait de courage, tête baissée, elle répondit alors dans un souffle de désespoir :

—Je sais ce qu'il s'est passé.

Simon, qui lui tournait le dos pour préparer son café se retourna alors soudainement.

—Tu parles sérieusement ? Tu sais ce qu'il s'est passé ?

—Oui, je viens de le dire.

—Et bien, raconte-moi.

Silence

—Martha. Tu ne veux pas me le dire ?

—Si, si, c'est juste que …

—C'est juste que quoi ?

—Ce n'est pas très facile.

Il lui prit la main et la regarda dans les yeux.

—Mon amour, tu peux tout me dire. Tu sais que je serai toujours à tes côtés, dans les bons comme dans les mauvais moments. Je te le promets. Je vois bien que cette histoire te préoccupe. Tu dois me le dire. Sinon je ne pourrai pas t'aider.

À ces mots, Martha comprit qu'elle pouvait se confier à lui en toute sécurité.

—Et bien, j'ai demandé à Clarence, …

—Quoi bébé ?

Prenant une grande inspiration :

—J'ai demandé à Clarence de verser du désherbant, contenant du phosphore, chaque soir dans la soupe de Théodore.

Il lâcha sa main, écarquilla les yeux, ouvrant la bouche, incrédule. Il resta silencieux.

—Dis quelques chose Simon, je t'en prie.

Dans un mouvement de recul, il répondit :

—Je, je, … j'ai du mal à croire ce que je viens d'entendre. Je sais que tu le détestes et qu'il t'a fait énormément de mal. Mais j'ai du mal à te croire capable de faire ça. Et Clarence ? Comment a-t-elle pu être d'accord pour faire ça ?

—Et bien ...

Il la regarda plus intensément, attendant avec avidité sa réponse.

—En réalité, elle ne savait pas que c'était du désherbant. Je lui ai dit que c'était un élixir de fertilité. Elle a cru bien faire en m'obéissant.

Simon prit sa tête entre ses mains.

—Oh putain ! Martha ! Mais s'il meurt, tu vas être accusée de meurtre.

Des larmes montèrent aux yeux du jeune homme.

—Bébé, je ne peux pas être séparé de toi.

Il prit alors la tête de Martha entre ses mains.

—Pourquoi tu as fait ça ? On avait dit que tu demanderais le divorce dans quelques semaines. On aurait fait les choses dans les règles. Je sais que c'est un connard fini et que tu ne supportes plus de vivre en sa présence, mais ce que tu as fait va bouleverser nos vies, nos plans. Pourquoi tu as fait ça ?

—Et bien, tu sais le bébé …

—Quoi le bébé ?

—C'est à cause de lui si nous l'avons perdu.

—Quoi ? Comment ça ?

—Les coups Simon, il m'a frappé, dit-elle des larmes dans la voix.

—Non, c'est une blague ? Il a osé faire ça ? Je vais le tuer, je vais le tuer de mes propres mains.

Le sang de Simon ne fit qu'un tour. Abasourdi par les révélations de Martha, sans un regard vers elle, il se précipita vers la porte d'entrée, saisi ses clefs de voiture, une paire de basket et dévala les escaliers. Il était résolu à mettre fin aux jours de son ennemi. Seul le sentiment de colère le guidait. Martha ne put le rattraper. Elle cria son nom dans la cage d'escalier pour l'arrêter, en vain. Elle entendit presque aussitôt le grondement du quatre-quatre qui démarrait en trombe dans la rue.

17.

« Pourquoi le sexe occupe-t-il tant notre esprit ? Parce qu'il est l'échappatoire suprême. C'est la voie ultime vers l'oubli de soi absolu. » Jiddu Krishnamurti

Martha saisit son téléphone portable avec précipitation. Elle déclencha un appel vers le numéro de Simon. À chaque tonalité son cœur battait plus vite. La messagerie se déclencha. Elle réitéra ses appels à cinq reprises sans succès. En désespoir de cause, elle décida de s'habiller au plus vite et de partir à sa suite. Elle l'aimait déjà, mais elle le connaissait si peu. Elle ne savait pas s'il était vraiment capable de céder à ses pulsions. Oserait-il vraiment débarquer à l'hôpital et dans un excès de fureur mettre fin aux jours de Théodore ? Et d'ailleurs, avait-elle vraiment envie de l'en empêcher ? Après tout, cet homme horrible lui avait fait tellement de mal en si peu de temps. Et elle se sentirait bien soulagée d'en être débarrassée. Elle n'éprouvait aucune compassion pour lui. Mais elle en avait pour Simon. Et il était hors de question qu'il se rende coupable de meurtre, qu'il gâche sa vie pour elle. Elle réfléchissait tout en s'habillant à la hâte. Elle saisit son sac à main, ses clefs de voiture et descendit les escaliers en quatrième vitesse.

Une fois à l'intérieur du véhicule, elle fit route vers l'hôpital, toujours plus paniquée à chaque instant. Allait-elle arriver à temps ? Que se passerait-il une fois là-bas ? Cette irruption ferait scandale. Théodore était un notable des environs. Si l'amant de sa femme venait attenter à ses jours, sur son lit de mort qui plus est, cela ferait la une des journaux. Après une dizaine de minutes de trajet angoissantes, arrêtée à un feu rouge elle plongea dans ses pensées. Son regard se porta alors machinalement vers la gauche. Elle aperçut un homme, assis sur un banc public, les coudes sur les genoux et la tête dans les mains. Il semblait désespéré. Elle eut de la peine pour lui. Elle n'était pas la seule à être malheureuse en cet instant. Le feu passa au vert. À ce moment, l'homme releva la tête. Tout à coup, elle réalisa que cet homme, c'était Simon. L'incompréhension la gagna, le soulagement aussi. Il n'était pas allé jusqu'à l'hôpital. Elle se gara à la hâte et sortit aussi vite de sa voiture. Elle courut vers lui, criant son nom. Stupéfait de la voir débarquer ici, il se leva vivement et ouvrit les bras comme pour l'accueillir. Elle s'y jeta.

—Oh Simon, comme je suis soulagée de te voir ici. Tu m'as fait si peur. J'ai cru que je ne pourrai pas t'arrêter.

—Ne t'inquiète plus. Sur la route, j'ai réfléchi. On ne peut pas gâcher notre vie pour ce mec. On va trouver une solution, ensemble. On ne fait qu'un toi et moi. Je ne peux pas vivre sans toi Martha. Je ne peux pas être séparé de toi, j'en mourai, tu m'entends ?

Elle acquiesça, le visage blotti contre son torse.

*

La matinée avait filé à toute vitesse. Les deux amants étaient rentrés à l'appartement de Simon et l'objectif du jour était de trouver un alibi pour l'empoisonnement. Les médecins n'avaient encore rien trouvé, mais cela ne tarderait pas. Simon proposa la légitime défense. Ils réfléchirent longuement, mais cette solution n'était pas envisageable. Un empoisonnement implique une préméditation. Remettre la faute sur autrui ? Impossible, Clarence était témoin, et même complice sans le savoir. Elle dirait tout à la police. Le désespoir commençait à gagner le couple qui ne trouvait pas d'issue.

Après avoir grignoté quelques sandwichs sur le canapé du salon, Martha et Simon s'assoupirent dans les bras l'un de l'autre. Ils furent réveillés une heure plus tard par la sonnerie du téléphone de Martha. Annette lui avait envoyé un message pour savoir où en était l'état de Théodore. Martha ignora le message. Elle n'avait pas la tête à parler de son horrible mari. Simon, encore groggy de sa sieste, alluma machinalement la télévision. En cette après-midi, le programme télévisuel n'était pas très intéressant. Il zappait frénétiquement, Martha toujours blottie dans ses bras, silencieuse. Quand soudain, il se stoppa net, l'air très intéressé. Martha le regarda l'air circonspect. C'était un film qu'elle ne connaissait pas : Queen and Slim. Il avait déjà commencé depuis plusieurs minutes. Elle comprit après quelques instants qu'il s'agissait de l'histoire d'un couple, coupable du meurtre d'un policier au cours d'un banal contrôle routier, qui prend la fuite à travers le pays. Son regard se portait régulièrement sur celui de Simon. Ses pupilles ne se décrochaient

pas du petit écran. Il semblait avide, captivé, intéressé, songeur aussi, comme s'il préparait mentalement un mauvais coup.
Après environ trente minutes, il éteignit brusquement la télévision. Jusqu'alors il n'avait pas dit un mot. Il se redressa, se tourna vers Martha et dit :
—J'ai une idée. On va s'enfuir.
—Pardon ?
—Oui Martha, j'ai trouvé la solution. On va s'enfuir. Je ne sais pas encore où, mais c'est le seul moyen de nous en sortir.
—Mais tu es fou. Ça ne marchera jamais. Où comptes-tu aller ? Et par quels moyens ? Pour combien de temps ?
—Pour toujours mon amour. Et on trouvera bien le lieu, l'argent, je te promets de tout mettre en œuvre. Tu n'auras qu'à me suivre.
—Oh Simon, non, je ne sais pas. C'est trop risqué.
—C'est rester qui est risqué chérie. Je t'en prie, fais-moi confiance.
Martha était désarçonnée. Avait-elle vraiment envie d'une vie de fugitive ? Mais par ailleurs, elle était certaine de ne pas vouloir d'une vie de captive, enfermée toute sa vie dans une prison. Simon avait peut-être raison finalement. La fuite était sûrement le seul moyen. Elle songeait bien à avaler une gorgée de sa précieuse fiole bleue. Mais

elle était tombée amoureuse de Simon. Jamais elle n'avait eu ce bonheur. Et elle ne voulait pas se résigner à le voir disparaître. Elle voulait à tout prix rester avec lui. C'était décidé. Elle allait s'en aller avec lui. Vivre avec cet homme serait son seul salut. C'est avec lui qu'elle se voyait vivre pour l'éternité.

—C'est d'accord. Partons ensemble.

*

Les préparatifs de leur fuite durèrent trois jours. Trois jours pendant lesquels ils ne mirent pas un pied en dehors de l'appartement. Cette aventure les tenait en haleine. Leur excitation se muait plusieurs fois par jour en une frénésie amoureuse, qui finissait souvent dans la chambre de Simon. Ils passaient leurs journées en sous-vêtements, se nourrissaient lorsqu'ils avaient faim, de sandwichs, de glaces, de fruits. Ils ouvraient de délicieuses bouteilles de champagne, sans se soucier de l'heure, riaient aux éclats, pensant à leur vie future, rien que tous les deux. Ils voulaient vivre ces instants au maximum. Ils se sentaient comme dans une sorte de lune de miel.

Après ces trois jours d'une merveilleuse idylle isolée, ils décidèrent de fuir par avion, quatre jours plus tard, direction le Mexique. Ce pays n'avait pas d'accord d'extradition avec la France, ce qui leur garantissait une totale sécurité. Ils avaient déjà réservé deux billets d'avion pour un aller simple. Le vol durerait dix heures et Martha était un peu anxieuse, elle n'avait jamais pris l'avion. Simon la rassura longtemps, lui dépeignant un tableau magnifique de leur futur nouveau pays. Il s'y était déjà rendu à trois reprises pour le travail. Il avait adoré le climat, l'ambiance, la gastronomie, le côté festif. Ce sont tous ces aspects qui l'avaient convaincu que ce pays serait le plus hospitalier pour eux. Il connaissait bien la ville de Mexico City et savait précisément dans quel quartier loger pour y être en sécurité, celui de Polanco, le quartier des expatriés français. Ils n'auraient aucun mal à s'acclimater et à se faire de nouveaux amis. Cela rassura beaucoup Martha. Ils comptaient par la suite s'installer dans une petite ville en bord de mer, où la population serait plutôt internationale, pour y couler des jours heureux et y fonder une famille. Lui, pourrait sans difficulté gérer sa start-up depuis là-bas. Martha ne savait pas encore bien comment elle occuperait son temps, mais son envie d'élever une grande famille était l'un de ses premiers projets. Elle se voyait peut-être ensuite écrivain, comme dans sa précédente vie, où même architecte, une passion qui ne l'avait jamais quitté.

Rien n'était décidé, mais elle voulait se laisser le temps.
Ils listèrent les objets qu'ils souhaitaient emporter, les papiers importants à réunir et surtout, Simon fit le nécessaire auprès de sa banque pour emporter un maximum de liquidité. Ils trouvèrent sur un site spécialisé un logement dans le quartier souhaité. Ils s'engagèrent pour une durée de location initiale d'un mois. C'était un petit appartement, meublé, bien moins luxueux que celui de Simon où que la maison de Martha mais cela leur importait peu, du moment qu'ils étaient ensemble. Il se composait de deux petites chambres, d'une pièce à vivre comprenant la cuisine et d'une petite salle de bain. Il se situait dans une résidence sécurisée avec une piscine collective, ce qui ravit Martha. Tout était prêt.
La jeune femme était heureuse. Enfin les événements prenaient une tournure attrayante. Après avoir subit des coups par son mari, avoir appris le décès de son frère et de son meilleur ami, après avoir découvert qu'elle avait fait une fausse couche et en prime qu'elle avait empoisonné son mari, elle était ravie de la tournure enfin heureuse que prenaient ces derniers jours. Elle avait hâte de mettre les voiles. Certes, elle aurait un statut de fugitive et ne pourrait certainement plus quitter le Mexique de toute sa vie sans risquer d'être

inculpée de meurtre. Mais son amour pour Simon était plus fort que tout. Elle se sentait invincible à ses côtés. L'avenir qu'il lui promettait était si doux. Elle s'imaginait déjà, en bord de plage, avec au moins trois bambins, à lire tranquillement, allongée sur un transat à l'ombre des cocotiers, regardant sa progéniture courir sur le sable chaud et rire sous le soleil, face à la mer des Caraïbes. Elle se voyait dans une grande maison de style colonial, en train de préparer de bons petits plats à son grand amour Simon. Lui, serait très occupé par son entreprise très prospère. Il rentrerait chaque soir avec le plus grand des plaisirs de retrouver sa merveilleuse famille.

Elle en avait l'eau à la bouche. Elle avait tellement hâte de démarrer cette nouvelle vie.

Maintenant, il lui fallait repasser chez elle pour prendre quelques affaires et surtout son passeport. Cela ne l'enchantait guère. Elle n'avait pas envie de se retrouver nez à nez avec Clarence. Même si elle appréciait cette femme, les circonstances actuelles les avaient mises dans de toutes autres dispositions l'une par rapport à l'autre. Et elle n'avait aucune envie de remettre les pieds dans cette maison de malheur où s'étaient accumulés trop de souvenirs d'événements désagréables.

*

Martha et Simon s'éveillèrent. Ils avaient passé une nuit délicieuse. Leur départ pour le Mexique était pour bientôt. Ils restèrent un long moment, plongés chacun dans leurs pensés, enlacés dans le lit chaud. Mais il était temps de sortir de leur léthargie romantique. Simon avait rendez-vous à la banque le matin même pour récupérer vingt-mille euros en liquide. Martha devait se rendre chez elle pour récupérer ses affaires. Après un petit déjeuner frugal, Simon offrit un dernier baiser au front de sa belle et sortit de l'appartement. Martha avait du temps devant elle, alors elle flâna un peu, profitant des derniers instants de quiétude. Elle prit le temps de lire un magazine, de regarder les badauds déambuler sur le parvis de la cathédrale. Elle prit ensuite une douche bien chaude, but un autre café au lait, s'habilla et se maquilla légèrement. Elle s'apprêta à partir. Les chaussures aux pieds, le sac sur l'épaule, elle allait saisir la poignée de la porte quand son téléphone sonna. Elle le chercha à la hâte dans son sac à main. C'était un numéro qu'elle ne connaissait pas.

—Allo ?

—Madame Decharlant ?

—Oui, c'est bien moi.

—Ici le service de réanimation de l'hôpital.

18.

« Oh quel bien-être, quel bien-être indicible que de se sentir en sécurité avec quelqu'un à l'abri de tout danger, sans avoir à peser ses pensées, à mesurer ses paroles. » Proverbe indien.

Elle ne s'attendait pas à cet appel. Mais en y réfléchissant bien, elle était l'épouse de Théodore et cela faisait plusieurs jours qu'elle n'était pas allée lui rendre visite et n'avait pris aucune nouvelle de lui. Cela ne jouerait pas en sa faveur en cas de procès. Et maintenant, cet appel. Était-il mort ? L'équipe médicale avait-elle poussé plus loin les analyses et découvert l'empoisonnement ? Le cœur de Martha battait à tout rompre. Elle se ressaisit et dit :

—Oui, je vous écoute. C'est au sujet de mon mari ?

—Oui Madame. Il est sorti du coma cette nuit.
—Oh mon dieu. Et comment va-t-il ?
—Il ouvre les yeux, ne parle que très peu, mais il est bel et bien conscient. Il est encore très fatigué. Mais il semble récupérer assez vite.
—Très bien, je vois, c'est une … heu, excellente nouvelle, dit-elle un peu dubitative.
—Vous pourrez venir lui rendre visite à partir de 14h. Il vous attend avec impatience. Il a répété votre nom plusieurs fois. Je pense que votre présence le rassurera.
—Bon, très bien, je passerai dans l'après-midi, merci.
Martha raccrocha. Abasourdie par cette nouvelle, elle ne savait pas si elle devait se réjouir ou s'inquiéter. Théodore n'était pas mort, elle ne serait donc pas accusée de meurtre. Mais s'il venait à découvrir qu'elle l'avait empoisonné, elle serait accusée de tentative d'homicide et ce n'était pas une meilleure nouvelle. Ou pire, Théodore chercherait peut-être à se venger. Et qui sait de quoi il serait capable. Son sac sur les genoux, assise sur le canapé, elle resta là, prostrée, de longues minutes. Elle finit par sortir, elle avait besoin de prendre l'air. Elle se joignit aux badauds du parvis de la cathédrale. Elle prit le temps d'admirer ce majestueux monument. Elle s'y voyait très bien prononcer ses vœux de mariage. Elle se perdit dans

ses songes et entendait déjà les orgues jouer la marche nuptiale. Elle se voyait marcher, dans une majestueuse robe blanche, un bouquet de roses rouges à la main, avançant à pas lent, et regardant Simon droit dans les yeux. Elle s'imaginait dans cet immense monument, presque vide, les deux amoureux seulement entourés d'Annette, de Louis, et … d'Henry. Elle secoua la tête pour retrouver sa lucidité. Elle se faisait du mal à elle-même en laissant divaguer son imagination ainsi. Car malheureusement, si union il devait y avoir, il se conclurait à l'autre bout de la planète, sans famille ni ami. Mais ça ne serait pas moins romantique, se consola-t-elle. En lieu et place d'une majestueuse cathédrale, ils auraient une magnifique plage et l'immensité de l'océan. Plongée dans ses pensées, elle n'avait pas le courage de faire face à Théodore. Elle n'avait aucune envie de se rendre à l'hôpital et repoussait l'échéance le plus possible. Elle n'avait rien mangé depuis le petit déjeuner et la faim commençait à la tirailler. Il était déjà 14h. À la vue de cette heure sur sa montre, son visage pâlit. Elle préféra détourner le regard et aller manger un morceau. Une petite brasserie dans une rue perpendiculaire à la cathédrale lui parut très accueillante. Elle commanda un verre d'eau pétillante et des pâtes à l'italienne. Cette cuisine lui rappelait avec délice son premier dîner avec

Simon. L'atmosphère du lieu lui fit du bien. Une douce musique résonnait. Peu de clients étaient encore présents à cette heure, et le calme lui fit du bien. Assise près de la vitrine, elle pouvait regarder les gens passer. Elle les observa les uns après les autres avec amusement. Cela lui changea un peu les idées.
Après avoir dégusté ses pâtes elle commanda une tartelette aux framboises en dessert. Elle était tout aussi bonne. Revigorée par ce bon repas et cet instant de calme, elle jeta un œil à sa montre. Il était déjà 15h. Dans un soupir, elle rassembla son courage. Elle se leva, paya l'addition, quitta le restaurant et se dirigea vers sa voiture. Elle était maintenant prête à faire le court trajet qui la mènerait à l'hôpital. Elle devait faire face à son destin.

*

La difficulté à trouver une place de stationnement ne l'aida pas à garder son calme et son pragmatisme. Après avoir fait cinq fois le tour du pâté de maison, et perdant un peu plus son sang froid a chacun d'eux, elle trouva enfin avec soulagement où se garer. Sans perdre de temps elle se dirigea vers le service des soins intensifs. Elle reconnut vite les lieux et ne voulût pas traîner. Elle voulait être débarrassée le plus vite possible de

cette besogne. En entrant dans le service, elle aperçut une silhouette qui ne lui était pas inconnue en train de quitter le couloir par la porte opposée.
Elle décida de ne pas y prêter attention. Elle voulait aller droit au but.
Elle toqua doucement à la porte de la chambre de Théodore et entra avant qu'on l'y invite.
La pièce, dont les murs étaient peints d'un bleu très pâle, était plongée dans un calme morbide. Seuls les bips des quelques machines auxquelles il était encore branché se faisaient entendre. Il était allongé là, dans son lit médicalisé, silencieux, endormi.
Martha osa tout de même ouvrir la bouche et dit dans un souffle presque imperceptible :
—Bonjour Théodore.
Pas de réponse, pas de mouvement. Elle ne savait pas quoi faire. Lui prendre la main pour l'inviter à se réveiller ou fuir en courant. N'écoutant que son courage, elle s'approcha plus près. Elle l'observa un instant. Il semblait paisible. Pas comme la dernière fois où elle l'avait vu, intubé et blême. Elle se risqua à lui passer la main sur l'épaule et à réitérer son bonjour. Théodore ouvrit lentement et difficilement les yeux. Aucune joie de voir son épouse ne transparaissait sur son visage.
—Je suis là Théodore. Comment vas-tu ? Dit-elle doucement.

—Qu'est-ce que tu fais ici ? Répondit-il les yeux mi-ouvert, d'une voix rauque, sèche, endormie.

—Je suis venue te voir. Je me suis inquiétée pour toi.

Il ricana sournoisement, d'un petit rire presque imperceptible, s'étouffant presque.

—Les médecins disent que tu vas beaucoup mieux, c'est encourageant.

—Je sais tout sale charogne, dit-il dans un souffle.

Martha resta stoïque, sans mot dire. Elle était saisie.

Un médecin fit irruption dans la chambre à ce moment précis.

—Bonjour Madame Decharlant. Je suis ravi de vous voir. Et votre mari également, j'en suis sûr. Il se porte beaucoup mieux. Il est encore groggy par les médicaments que nous avons dû lui administrer, mais il sera sur pied bien vite. Ses analyses d'urine et de sang n'ont rien montré d'anormal, nous allons donc faire des analyses complémentaires pour rechercher d'autres composants. Cela met un peu de temps, mais dans environ une semaine nous saurons sûrement qu'elle a été la cause de ce malaise. En attendant, il pourra regagner le domicile dans quelques jours. Mais ne vous inquiétez pas, une ambulance le déposera chez vous. Nous nous chargerons de tout.

—Oh, c'est formidable, tu entends ça mon chéri ?

—Hum, répondit-il les yeux toujours fermés.
—Je suis navré Madame Decharlant, mais votre mari est encore très fatigué. Vous n'allez pas pouvoir vous éterniser. D'autant plus qu'il a déjà eu une visite avant la vôtre.
—Oui, je comprends. Je vais le laisser se reposer.
Le médecin quitta la chambre avec un sourire compatissant. Martha resta quelques secondes, immobile, ne sachant pas quoi faire. Elle dit ensuite un au revoir froid, tout bas à Théodore, qui ne répondit pas. Elle quitta la chambre, sans plus un mot. Elle se hâta de sortir de l'hôpital, cet endroit qui la mettait tant mal à l'aise.

*

De retour dans sa voiture, mille questions la traversèrent. Qui avait bien pu lui rendre visite avant elle ? Et qu'avait-il voulu dire par « je sais tout » ? Parlait-il de sa relation avec Simon ou de l'empoisonnement ? Ou alors des deux ? S'il était au courant pour l'empoisonnement, il en aurait parlé aux médecins. Ou peut-être pas ! Peut-être prévoyait-il de se venger, sans que personne n'en sache rien. La peur prit une place de plus en plus importante dans l'esprit de Martha. Elle n'avait qu'une envie, rejoindre Simon pour retrouver la quiétude et la sécurité dans ses bras. Elle fit vite route vers son appartement.

*

Simon était déjà rentré. Il était assis sur le canapé, l'ordinateur sur les genoux, un casque audio sur la tête, probablement encore à la recherche de bons plans et d'informations pour préparer leur départ imminent, du jazz dans les oreilles. Il ne s'aperçut pas tout de suite qu'elle était là. Elle profita de cet instant et resta quelques secondes à l'observer, sans rien dire. Elle le trouvait beau. Mais pas seulement. Il était romantique, rassurant, aimant, enveloppant. Les jours qui viendraient allaient être complètement dingues, elle le savait. Elle doutait parfois, l'espace de quelques secondes. Mais la présence de Simon, sa force et son absence de doute face à l'adversité lui rendaient immédiatement toute confiance.

Elle se dirigea vers lui à pas de loup, dans son dos. Elle déposa délicatement ses paumes sur ses yeux et lui déposa un délicat baiser dans le cou. L'homme esquissa un sourire. Il lui saisit la main gauche et la fit venir s'asseoir sur ses genoux. Il l'embrassa sur la bouche avec passion, les mains sur ses joues. Le baiser dura. Martha sentait la chaleur monter dans le bas de son dos. Simon descendit peu à peu ses mains sur la poitrine de la jeune femme. Martha frémit. Il déboutonna lentement son chemisier, ses lèvres ne quittant pas celles de Martha. Il laissa glisser le tissu dans son dos. Martha eut un frisson. Les mains chaudes de Simon glissèrent dans son dos, le caressant et se délectant de la douceur de sa peau nue, jusqu'à trouver les agrafes de son soutien-gorge. Il les détacha sans mal, lentement. La poitrine de Martha, ainsi libérée, était maintenant à sa merci, pour son plus grand plaisir. Il allongea sa belle délicatement sur le canapé. Embrassant chaque centimètre de sa peau nue, il sentit les petits frissons qu'il provoquait. Il adorait ça. Martha aussi.

*

Nue, enveloppée dans un plaid molletonné, un verre de vin blanc à la main, elle ne détachait pas son regard de son merveilleux amant, toujours plongé dans ses recherches. Il était déjà plus de 21h. Ils n'avaient pas faim. Martha était rassasiée d'amour et Simon, bien trop occupé à préparer leur départ. Elle s'endormit paisiblement.

*

Le lendemain, en fin de matinée, Martha fut tirée de son sommeil par la sonnerie de son téléphone. C'était Annette.

—Allo ? dit-elle d'une voix rauque et endormie.

—Ah, ma biche. Comment ça va ? Je te réveille ?

—Non ça va, ça va.

—J'ai eu du mal à te joindre ces derniers jours.

—Oui je sais, j'avais besoin de faire le point.

—Et Théodore ? Il est enfin mort ?

—Oh arrête. Non, il va mieux figure-toi, dit-elle tentant de se redresser, encore enveloppée dans la couette chaude.

—Non, tu es sérieuse ? Pfff. Quel dommage, tu es passé tout près du but.

—Annette, arrête s'il te plaît. Je sais que c'est un tyran mais je ne lui souhaite pas la mort.

—Hum. Bon tu es où la ? Je suis passée chez toi hier mais il n'y avait personne. Même pas Clarence. Le gardien m'a dit qu'elle était partie à l'hôpital. Et il m'a aussi dit qu'il ne t'avait pas vu depuis plusieurs jours. Où tu crèches ?

—Oh, chez une amie. J'avais besoin de prendre un peu le large.

—Une amie ou un ami, petite cachotière ?

—N'importe quoi, tu as trop d'imagination.

—Mouais. Bon, on se voit quand ?

—Je ne sais pas trop. Je te rappelle dans la semaine et on essaye d'aller déjeuner ensemble. Ça te convient ?

—Ça marche. Allez, je te laisse. Le travail m'appelle. Bonne journée ma belle.

—Bonne journée.

En raccrochant, Martha eut un pincement au cœur. Elle savait qu'elle n'irait pas déjeuner avec Annette cette semaine. Ses plans avec Simon ne lui permettraient pas. Le vol pour Mexico était pour bientôt. Elle ressentait de la compassion et de l'amitié pour cette femme, mais elle ne pouvait pas lui dire la vérité. Le plan était secret et personne ne devait rien savoir. Elle avait aussi de la peine de la quitter bientôt. Dans cette vie, elle était sa seule amie. Elle se sentait coupable de la laisser. Mais il y avait plus préoccupant en cet instant. Martha avait bien entendu. Clarence était allé à l'hôpital. La jeune femme fit vite le rapprochement. La silhouette qu'elle avait reconnue dans le couloir des soins intensifs, c'était elle. Elle était venue voir Théodore. Lui avait-elle parlé ? Que lui avait-elle dit ? Avait-elle avoué avoir déposé de l'« élixir de fertilité » dans sa soupe chaque soir ? Si c'était le cas, il fallait partir et vite. Car les représailles ne se feraient pas attendre. À nouveau, l'inquiétude gagna la jeune femme.

19.

« Nous ne voulons pas de richesses. Nous voulons la paix et l'amour. » Proverbe indien.

Martha se leva. Simon était déjà debout et habillé. Il était dans la cuisine, en train de préparer du pain grillé et un café au lait. Martha commençait à en prendre l'habitude avec le plus grand des plaisirs. Il avait entendu que Martha était réveillée et il avait gentiment pris l'initiative de lui préparer un petit déjeuner. Il était vraiment adorable, si prévenant. Il lui sourit quand il la vit dans l'embrasure de la porte. Martha, les cheveux encore tout ébouriffés, se frotta les yeux, et alla directement se blottir contre son torse.

—Bonjour mon petit amour. Votre grasse-matinée vous a-t-elle fait du bien, chère petite princesse ?

—Oh oui, répondit-elle en baillant.

—Pas suffisamment on dirait. Tiens, voilà de quoi te réveiller. Un bon café et des tartines pleines d'amour. Tu t'es endormie sur le canapé hier soir, alors je t'ai portée et délicatement bordée, comme un bébé.

—Tu es parfait. Qu'est-ce que je ferais sans toi ?

Il lui déposa un délicat baiser sur le sommet de la tête. Il regagna ensuite le canapé où il continuait les préparatifs du départ.

—Que fais-tu ? Lui demanda Martha.

—Je suis en train de m'organiser avec mes collaborateurs pour travailler depuis le Mexique. Ils sont très étonnés de ce départ précipité, mais ça va, ils n'ont pas posé trop de questions.

—Tu crois que tout va bien se passer ?

—Bien sûr. Tu sais que je ne laisse rien au hasard. Je dois encore passer au travail en début d'après-midi pour signer des documents. Tu peux rester ici si tu veux. J'ai déjà fait une liste de plusieurs appartements qu'on pourrait louer de façon plus définitive. J'aimerai que tu y regardes, et on en reparle ce soir si tu veux.

—D'accord, répondit-elle avec un large sourire.

Martha était très enjouée de préparer sa nouvelle vie. Elle n'avait pas encore dit à Simon qu'elle s'était rendue au chevet de Théodore à l'hôpital et encore moins qu'il n'était pas mort. Elle voulait tellement partir avec lui au Mexique, pour démarrer tout autre chose. Elle ne voulait pas que tout soit remis en question. Elle avait peur qu'il lui propose finalement de demander le divorce et d'attendre que tout soit en règle pour vivre enfin leur idylle. Et puis, les traces d'empoisonnement qui seraient bientôt révélées au grand jour ne lui garantissaient aucune sécurité. Elle serait probablement arrêtée tout de même, pas pour meurtre, mais pour tentative d'homicide. Et Théodore n'aurait aucune indulgence pour elle.

Elle décida de rester bien au chaud dans l'appartement de Simon toute la journée. Elle ne voulait voir personne. Et puis dehors, il faisait un temps horrible. Par la fenêtre, elle voyait les feuilles virevolter et la pluie s'abattre sur les passants. La grande cathédrale était toute grise elle aussi. Martha était bien mieux à l'intérieur, sur l'ordinateur de Simon à choisir leur futur nid douillet et à rêver de soleil, de cocotier et de nouveauté.

*

Simon rentra vers 18h. Il avait fait quelques courses. Dans son cabas, Martha trouva avec joie une bouteille de vin blanc d'un grand cru, du saumon fumé, tout le nécessaire pour préparer des

farfalles au gorgonzola et un tiramisu aux fruits rouges.
Bercés par la douce musique jazz que Simon s'était empressé de mettre en route en arrivant, le couple s'attela à préparer le dîner. L'ambiance était voluptueuse, romantique et joviale à la fois. Entre deux gorgées de vin blanc, Martha éclatait de rire aux blagues de son tendre amant ou lui glissait un délicat baiser sur la joue ou dans le cou. Ce moment était parfait.
Ils passèrent à table, entourés de bougies et dégustèrent leur repas. En mangeant le dessert, Martha montra à Simon les deux appartements qu'elle avait retenus. Ils se mirent d'accord pour les visiter en arrivant et faire leur choix ensuite. Ils auraient un mois pour se décider et faire les achats de meubles et de décoration. Tout était presque prêt. Il ne leur restait plus qu'à faire leurs valises. Martha avait repoussé le plus possible le moment de retourner chez elle pour y prendre son passeport et ses affaires. Maintenant il était temps. Elle se décida à y aller dès le lendemain matin. Clarence va toujours faire des courses vers 10h30, ça serait le bon moment. Elle ne voulait pas la croiser.
Les deux amants s'enlacèrent, dans le canapé, devant un film. Simon proposa « Les évadés » avec Morgan Freeman. C'était un de ses films préférés.

Martha qui trouvait le titre un peu trop ironique dans leur situation, opta plutôt pour « The Truman Show » avec Jim Carrey. Simon ne l'avait jamais vu. Il était curieux de le découvrir. L'histoire de cet homme, qui croit vivre une existence qui n'est en réalité pas la sienne rappelait fort bien à Martha ce qu'elle vivait depuis plusieurs jours. Elle se sentait si proche de cette personne. La soirée passa ainsi. Le couple alla se coucher et blottis dans les bras l'un de l'autre ils s'endormirent paisiblement.

*

Simon avait mis le réveil à 8h. Ils se réveillèrent tranquillement, aidés par les quelques rayons de soleil qui se frayaient un chemin par les interstices des rideaux. La météo de cette journée allait sûrement être plus clémente que la veille. Un petit déjeuner, une bonne douche et quelques baisers parurent à Martha et Simon la meilleure façon de la commencer. Leur vol était pour bientôt. Même si presque tout était prêt, le stress commençait à monter. Simon avait une envie folle de passer sa journée avec Martha, mais il décida de se consacrer à la finalisation des derniers détails. Il aurait tout le loisir de passer ses journées avec elle une fois arrivé au Mexique. Il devait mettre son

propre appartement en location, établir les transferts de courrier, ouvrir une ligne internet au Mexique et trouver un véhicule de location. Sa journée serait bien remplie. Martha avait pris la décision de se rendre chez elle, vers 10h30. Elle ne devait donc pas traîner. Les deux amants se quittèrent sur le pas de la porte, après une longue étreinte, chacun accaparé par ses obligations. Ils se retrouveraient bien vite, dans l'après-midi.
Martha monta dans sa voiture. Elle repensa aussitôt au test de grossesse et à l'échographie encore cachés dans la boîte à gant. Ces objets faisaient partie de sa vie maintenant, et donc faisaient partie de ceux qu'elle prévoyait d'emporter au Mexique. Elle voulait garder une trace de cette petite vie qui l'avait habitée, qui l'avait rendu si heureuse l'espace de quelques jours. Les larmes commençaient à monter à cette pensée, alors elle secoua la tête pour chasser la tristesse. Elle mit le contact et fit route vers son adresse.

*

Arrivée devant le portail, le gardien lui fit un signe amical de la main. Elle s'arrêta à sa hauteur et ouvrit sa vitre.

—Bonjour Madame Decharlant. Je suis content de vous revoir. Vous nous avez manqué ici. J'espère que vous allez bien.
—Oui, je vais très bien, merci.
—Comment va Monsieur ? Clarence nous a dit qu'il était sorti du coma. C'est une excellente nouvelle.
—Oui, en effet. Clarence est-elle à la maison ?
—Non, Madame, elle est sortie faire des courses, comme chaque matin.
—D'accord. Merci.
Martha lui adressa un dernier sourire avant de refermer sa vitre et d'entrer dans la propriété. Elle était rassurée. Elle ne croiserait pas l'employée de maison et aurait tout loisir de préparer ses affaires sans éveiller de soupçons. Elle gara sa voiture devant la porte. En entrant dans la somptueuse demeure, elle ne put s'empêcher de s'arrêter un instant, pour observer les lieux. Elle était littéralement tombée amoureuse de cet endroit quelques jours auparavant. Elle s'y sentait à l'aise, en sécurité. Et puis, quelques heures plus tard, tout avait basculé. Cette demeure était devenue la maison du malheur. Elle était triste et à la fois soulagée d'y mettre les pieds pour la dernière fois.
Martha gravit les escaliers qui menaient jusqu'à sa chambre. Tout y était comme elle l'avait laissé quelques jours auparavant. Son lit avait été refait

par Clarence, la pièce avait été aérée et nettoyée, mais hormis cela, rien n'avait bougé. Martha se dirigea dans le dressing où elle chercha une valise. Elle en trouva une grande, couleur bleue nuit. Elle se demanda alors quel genre de vêtements elle devait emporter. Elle n'aurait certainement pas besoin de manteau ou de pull. Mais elle avait la certitude d'avoir besoin de petites robes d'été, de sandalettes et de maillots de bain. Elle en trouva une quantité assez impressionnante. Le tout étalé au sol, elle dut faire un choix, car tout ne tiendrait pas dans la valise. Elle choisit enfin sept robes très colorées, trois jeans, cinq maillots, et tout de même un pull. Elle ajouta quatre maillots de bain, deux paréos, cinq paires de sandales dont deux à haut talons, un petit gilet, trois paires de lunettes de soleil, deux chapeaux et des sous vêtements, certains très confortables, d'autres très suggestifs. Elle décida d'emporter quelques bijoux, notamment des boucles d'oreilles et des colliers. À la salle de bain, elle prépara une trousse de toilette bien garnie, de crèmes pour le visage et le corps, de maquillage, de soins pour les cheveux et de crème solaire. La valise bien chargée à la main, elle retourna dans la chambre. Elle fouilla la commode et mit la main sur son passeport. C'était le saint graal pour quitter le pays. Assise sur le lit, elle contempla silencieusement cette magnifique pièce.

Elle s'y était sentie bien aussi. Elle avait été le théâtre des coups reçus par Théodore, mais elle l'avait également à plusieurs reprises protégée de ses assauts grâce à sa solide porte en bois.

Elle ouvrit le tiroir de la table de chevet. Le livre d'Agatha Christie n'y était plus bien sûr. Elle se souvenait de l'angoisse qu'elle avait ressenti au moment de faire disparaître cette preuve accablante dans les flammes. En revanche, la petite fiole bleue était toujours là. Martha la prit délicatement dans sa main. Elle la scruta un moment, l'ouvrît, senti le parfum qui s'en dégageait. Elle pensa à Henry. Avait-il bien fait de lui confier cette fiole ? Maintenant il n'était plus là. Lui, son seul confident, son roc, l'épaule toujours solide sur laquelle elle se reposait. Il l'aurait sauvé des griffes de Théodore. Comment ce si petit objet avait-il pu changer sa vie à ce point. C'était complément invraisemblable. La folie qui avait rythmé ces derniers jours étaient à peine croyable. Assise là, Martha en faisait le bilan. Elle était prête à s'installer dans cette vie et pour de bon. Elle reboucha la fiole, la posa sur le dessus de la table de chevet. Elle préférait s'en débarrasser. Mais elle ne voulait pas qu'elle tombe dans les mains de n'importe qui. Sa vie prenait une tournure qui la rendait heureuse. Certes Henry lui manquait terriblement. Et elle était si soulagée d'avoir pu sauver son frère de son destin tragique, qu'elle aurait aimé le connaître davantage, partager des moments de rire, de complicité, comme un frère et une sœur devraient en avoir le droit. Il aurait été très simple de tout recommencer, de boire une gorgée, de penser au moment de l'accident et de faire le nécessaire pour qu'il ne se produise pas. Elle aurait retrouvé sa famille, Henry, sa vie. Mais Simon ? Que deviendrait-il ? Croiserait-il son chemin ? Vivraient-ils le même bonheur ? Rien n'était moins sûr. Sa décision était prise. Sa nouvelle vie serait avec Simon. Elle en était sûre.

Plongée dans ses pensées, Martha sursauta en entendant un bruit venant du rez-de-chaussée. Elle était censée être seule, ce qui la surprit d'autant plus. La porte d'entrée claqua, si fort, que la maison en trembla presque. Cela ne pouvait pas être Clarence. Elle n'aurait pas pu revenir si vite. Elle ne rentre jamais avant midi. Elle tendit l'oreille, sans bouger, le cœur battant. Elle entendit des pas, lourds, un souffle haletant. Martha reconnut cette respiration.

20.

« La vérité est dure comme le diamant, et fragile comme la fleur de pêcher. » Gandhi.

Ce souffle. Elle l'avait entendu peu de fois, mais elle le reconnut immédiatement. C'était celui de son pire ennemi, celui de son mari. Il était sorti de l'hôpital. Comment cela était-il possible ? Si vite ? Martha resta inerte, debout devant son lit, saisie par la peur. Dans ses plans, elle n'avait pas prévu de tomber nez à nez avec lui. Comment allait-elle se sortir de ce pétrin ? Savait il qu'elle était là ?

—Martha ! Sale traînée, hurla-t-il.

Évidement qu'il savait qu'elle était là, sa voiture était garée juste devant la porte, se dit-elle se frappant doucement le front de la paume de la main en silence.

—Je sais que tu es là. Viens ici. Je crois qu'on a besoin d'avoir une petite discussion toi et moi.

Martha n'osait pas bouger. Elle était tétanisée par la peur. Elle n'avait pas d'échappatoire. Elle tourna la tête cherchant une sortie, un endroit où se cacher. Rien ne lui semblait judicieux. Et la panique qui montait ne l'aidait pas à avoir les idées claires.

Elle saisit son téléphone portable, pensant qu'il pourrait lui apporter du secours rapidement en cet instant. Elle tenta d'appeler Simon. Plus les tonalités résonnaient dans le vide, plus la peur la gagnait. Elle réitéra son appel une deuxième fois, sans succès. Il devait être occupé au travail. Elle entendit Théodore monter lentement les marches, toujours au rythme de ce souffle effroyablement reconnaissable. Un souffle de rage, de fureur. Elle l'avait entendu à plusieurs reprises, lorsqu'il était hors de lui, prêt à la frapper de toutes ses forces.

—Martha, putain, je vais te trouver, je vais te tuer.

Dans la précipitation elle envoya un message écrit à Simon. « Vite, viens chez moi, j'ai peur ». Elle appuya sur envoyer quand Théodore fit irruption dans la chambre.

—Ah tu es là ! Espèce de petite salope, tu as voulu me faire crever hein !?

Martha, paralysée par la peur ne put répondre. Son regard se fixa alors sur l'objet noir que Théodore avait dans la main droite. C'était un pistolet. Martha sentait son cœur tambouriner dans sa poitrine. Était-il chargé ? Allait-il s'en servir ? Allait-il la tuer ?

—Répond ! Hurla-t-il. Tu voulais me mettre six pieds sous terre, c'est ça ?

—Non, non, pas du tout.

Martha tentait de reculer, mais elle était bloquée par le lit. Elle ne voulait faire aucun geste brusque pour ne surtout pas déclencher un tir.

—Heureusement qu'on peut avoir du personnel de qualité de nos jours. Notre chère Clarence m'a rendu visite il y a deux jours figure-toi. Elle est venue juste avant toi. Et elle m'a dit des choses très intéressantes. Tu vois de quoi je parle ?

Il s'était rapproché d'elle.

—Je peux tout t'expliquer Théodore.

—La ferme ! Alors comme ça, tu avais envie de me rendre plus « fertile » ? Petite conne, je sais très bien que tu ne veux pas un enfant avec moi. C'était du poison. Tu as voulu me faire crever ! Hurla-t-il encore plus fort à côté de son oreille.

Martha frémit de peur. Une larme coula sur sa joue.

—Pas la peine de faire ta petite chose fragile. Je sais que tu te tapes un autre mec. Je le sais depuis un bon moment figure-toi. Je t'ai fait suivre, pauvre idiote. J'ai fait analyser ton téléphone portable. J'ai toutes les preuves. Je savais très bien que le bébé que tu portais était de lui. Et tu croyais que j'allais élever le gamin d'un autre, payer pour lui, lui donner mon nom ?

Il lui asséna une gifle. Martha teint sa joue, le regard baissé, saisie par le coup porté.

—J'ai bien fait de t'éclater la panse.

—C'est horrible ce que tu m'as fait Théodore, lui jeta-t-elle droit dans les yeux.

—Tu l'avais bien mérité. Qu'est-ce que j'ai été con de t'épouser. Une petite pute, sortie du trottoir ne pouvait m'apporter que des emmerdes.

Martha lui cracha au visage. Dans un élan de fureur il la saisit par les cheveux et la plaqua, le visage au sol, un genou sur son dos pour l'immobiliser. Elle cria.

—C'est le dernier jour de ta vie Martha. Tu vas mourir, ici, dans quelques minutes. Mais avant de te voir prendre ton dernier souffle, j'aimerais savoir quelque chose. Pourquoi tu voulais me tuer ?

Martha, le visage toujours plaqué au sol, soutenait son regard, les yeux pleins de fureur. Elle garda le silence.

D'un ton sarcastique, il ajouta :

—Est-ce que c'était pour avoir mon héritage ? Est-ce que c'est à cause de ta fausse-couche ? Où est-ce que c'est parce que j'ai buté ton frère et ton connard de petit-ami Henry ?

Martha ouvrit des yeux ronds. Elle ne croyait pas ce qu'elle venait d'entendre. Elle en eut le souffle coupé. Dans une tentative pour se relever, Theodore lui appuya son genou plus fort dans le dos. En prime, il lui pointa son pistolet sur la tempe. Elle ne pouvait plus bouger.

—Ah, tu ne l'avais pas deviné ? Eh bien oui, c'est moi, ria-t-il. J'ai bien joué mon coup, tu ne trouves pas ? Je te voulais Martha, rien que pour moi. Quand on s'est revu, il y a plusieurs années, à ce rendez-vous pour les plans de ma nouvelle cave, je suis tombé raide dingue de toi. Mais mademoiselle était trop éprise de son Henry. Tu n'en avais rien à foutre de ma gueule. Alors, au grands maux les grands remèdes. Pour t'avoir, je devais causer ta chute.

—Tu n'es qu'un cinglé.

—Et ça a été très simple, vois-tu. Ton frère, Henry et leurs deux potes avaient passé la soirée dans un bar. Je les avais suivi. Ils étaient vraiment sympas. Ils m'ont même invité à se joindre à eux. C'était une bonne soirée. On s'est vraiment bien amusés. Je ne savais pas encore qui des quatre conduirait pour repartir, alors j'ai mis une petite pastille de

GHB dans chacun des verres. C'était de vrais ivrognes ces mecs. Ils enchaînaient les pintes. Si le GHB ne les avait pas tués, la bière s'en serrait sûrement chargée. Je les ai de nouveau suivi après le départ du bar. Je voulais m'assurer que tout se déroulait comme prévu : une jolie sortie de route, quelques tonneaux et quatre beaux cadavres.
Martha hurla. Un cri d'horreur, de désespoir. Toujours bloquée sous le poids de son bourreau, elle était à sa merci.
—C'est moi qui ai appelé les secours. Je voulais que tu saches que j'étais un mec bien, digne de confiance et que je te méritais largement. Mais non, mademoiselle était trop triste, dit-il d'un air moqueur. Mademoiselle n'était pas prête à refaire sa vie. Alors je t'ai attendu Martha. Je t'ai laissé causer ta propre perte, te réfugier dans l'alcool, les soirées glauques et pour finir la prostitution. Je t'ai laissé descendre bien bas, très bas. Tu ne me voyais pas. Mais moi j'étais là depuis le début, tapis dans l'ombre, à t'observer te détruire. Après ça, je ne pouvais que faire figure de prince charmant. Tu ne pouvais plus te refuser à moi. Tu ne pouvais plus dire non à la vie que je t'offrais, au luxe, aux dîners, aux bijoux, aux robes.
—Mais tu es un grand malade.
—Oui, peut-être, mais tu es tombé dans mon piège mon ange. Malin le grand malade. Mais moi, j'ai

été assez con pour croire que tu tomberais amoureuse de moi. Tu as juste su profiter de mon fric et de ma notoriété. Pour le reste, tu t'es réfugiée dans les bras d'un autre. Aujourd'hui tu ne me sers plus à rien. Tu es même devenue trop dangereuse. Alors je vais t'éliminer ma petite Martha.

Martha essaya de se débattre, en vain. Il avait beau être sorti de l'hôpital quelques heures auparavant, il avait une force herculéenne. La colère, la rage décuplait sa véhémence.

—Martha ! Où es-tu ?

Une voix venait de l'appeler. Ce n'était pas un rêve. C'était une voix douce à entendre, la voix de la délivrance, c'était celle de Simon. Il était au rez-de-chaussée. Il était venu la sauver. Des sanglots dans la voix, Martha hurla :

—Je suis là, en haut.

—Ferme ta gueule, lui décocha Théodore, accompagné d'un coup de cross de pistolet dans le visage.

Martha pleurait. Elle entendait Simon monter les marches quatre à quatre.

—Attention, il a un …

Théodore lui rendit un coup encore plus fort, qui la fit presque perdre connaissance. Elle n'eut pas le temps de finir sa phrase. La tête toujours plaquée au sol, des gouttes de sang perlant de son nez, elle vit Simon apparaître dans l'embrasure de la porte, le regard apeuré, essoufflé, avide de vengeance.

—Lâche-la, lança-t-il à l'attention de Théodore.

Celui-ci ricana.

—Le prince charmant vient sauver sa belle. Mais tu es dans ma baraque. Ici c'est moi qui fais la loi.

Simon tenta de s'approcher dans un geste courageux mais trop brusque. Théodore, sans se poser de question, pointa son arme sur lui et lui tira une balle. Le bruit assourdissant de la détonation déclencha des bourdonnements dans l'oreille de Martha. Elle hurla, regardant Simon tomber, inerte, les yeux exorbités. Théodore lâcha sa prise sur elle et se dirigea lentement vers Simon. Il respirait encore mais d'un râle horrible. Du sang commençait à s'écouler sur le sol. Il était touché au ventre. Martha pleurait, hurlait. Théodore asséna à Simon deux grands coups de pieds dans le flan. Simon gémissait. Théodore riait.

—Fabuleux, voilà mon alibi, un cambrioleur. Il s'est attaqué à ma femme, je n'ai pu que lui tirer dessus. Il riait de plus belle.

Martha était hors d'elle. La rage, la peur, le désespoir se faisaient la part belle dans sa tête. Tout se bousculait. Simon allait succomber à ses blessures. Théodore allait bientôt lui tirer une balle à elle aussi. Adieu les projets pleins d'amour, adieu le soleil du Mexique, tout simplement adieu la vie.

Martha se ressaisit alors. Non, après tout ce qu'elle avait traversé, il était hors de question pour elle de se laisser abattre. Dans un dernier geste de désespoir, elle se jeta vers la table de chevet. Elle saisit la petite fiole bleue. Elle l'ouvrit précipitamment. En un quart de seconde, une multitude de possibilités lui traversèrent l'esprit. À quel moment penser ? Avant l'accident ? Avant la fausse-couche, avant que Théodore ne débarque ici et maintenant ? Son choix était fait.
Elle lança un « je t'aime Simon » plein de sanglot et de désespoir. Elle porta la fiole à sa bouche. Elle ferma les yeux et but une gorgée.
Le noir.

*

Martha se réveilla, groggy. Les yeux encore fermés, elle entendit un bruit de grondement sourd l'entourer. Elle était assise, assez peu confortablement. Elle avait mal au dos. Elle ouvrit lentement les yeux. Elle était dans un avion, assise côté hublot. Elle jeta un œil au dehors, que des nuages à perte de vue. Elle tourna la tête. Il n'y avait personne à côté d'elle, seulement une veste et une casquette d'homme posés sur le siège côté couloir.

La destination de ce vol ? Elle n'en avait aucune idée.

***

Toute ma gratitude va à ma famille. Tout d'abord ma mère, Annie, ma première lectrice et première admiratrice. Mes filles, Ninon et Eulalie pour leur enthousiasme qui m'a encouragé à poursuivre. Mon mari Laurent pour son soutien, ses conseils et sa bienveillance. Il m'a fortement inspiré Simon et je l'en remercie. Merci à ma collègue qui a accepté de me lire et qui a soulevé en moi encore plus d'entrain à écrire. Merci à ces graphistes en herbe ou professionnels pour leurs précieuses collaborations.

Merci à mes amis, mon entourage, mes élèves pour leur avis sur la couverture.

Enfin, merci à ce rêve insolite qui s'est présenté à moi une nuit, à l'autre bout du monde, en 2011. Et merci à ma ténacité de m'avoir permis d'oser aller au bout de ce projet.

Rendez-vous au prochain tome pour la suite du destin de votre héroïne Martha.